목걸이

옮긴이 김경미

1995년 프랑스 파리로 유학, 세계 사회와 문화 연구에 몰두하고 있다. 프랑스 파리5대학 사회학 학사, 동 대학원 문학인류학 석사 과정을 마쳤다. 프랑스 국립고등사회과학대학원(EHESS)에서 사회인류학 박사 학위를 취득한 후, 현재 파리 디드로 대학(파리7대학) 전임 강사로 재직 중이다. 번역서로는『어린 왕자』『오페라의 유령』『목걸이』가 있다.

목걸이

—

개정판1쇄 2017년 7월 17일
지은이 기 드 모파상
옮긴이 김경미
펴낸이 김영재
펴낸곳 책만드는집

주소 서울 마포구 양화로3길 99, 4층 (04022)
전화 3142-1585·6
팩스 336-8908
전자우편 chaekjip@naver.com
출판등록 1994년 1월 13일 제10-927호

—

ISBN 978-89-7944-603-6 (04800)
ISBN 978-89-7944-591-6 (세트)

목걸이

기 드 모파상 지음 · 김경미 옮김

책만드는집

차례

목걸이

그녀는 운명의 장난처럼 월급쟁이 가
정에서 태어난 아름답고 매력적인 여자였다. 지참금도
없었고, 기대할 만한 것도 없었으며, 부유하고 지체 높은
남자에게 알려져 이해받고 사랑받으며 결혼할 수 있는
그 어떤 길도 없었다. 그래서 그녀는 국민교육부에서 근
무하는 하급 공무원과 결혼해버렸다.

몸치장을 할 수 있는 형편이 아니어서 소박하게 살았
지만, 그녀는 어느 날 갑자기 사회적 지위가 격하된 사람
처럼 불행해했다. 여자란 신분이나 혈통보다는 미모, 우

아함, 매력이 출신과 가문을 대신하는 법이다. 따라서 타고난 섬세함, 단아한 본능, 융통성 등만 있다면 서민의 딸이라도 귀부인과 동등할 수 있다.

모든 우아함과 사치를 위해 태어났다고 믿고 있는 그녀는 언제나 괴로웠다. 자신의 빈곤한 집, 초라한 벽, 낡은 의자, 빛 바랜 커튼이 그녀의 마음을 아프게 했다. 같은 신분의 다른 여자라면 신경 쓰지도 않았을 이 모든 것이 그녀에겐 고문이었고, 그녀를 화나게 하는 이유였다. 브르타뉴 태생의 어린 하녀가 자신의 보잘것없는 살림살이를 청소하는 것을 볼 때면 슬픈 후회와 격렬한 갈망이 되살아나곤 했다. 그녀는 동양적인 벽지를 바르고 높은 청동 촛대로 불을 밝힌 방음이 잘된 응접실을 상상했고, 또 난방기의 후끈한 열기에 커다란 안락의자에서 선잠이 든 짧은 바지를 입은 두 명의 키 큰 하인을 상상해보았다. 그녀는 모든 여자가 갈망하고 관심을 갖는 저명하고 인기 있는 남자들과 가장 가까운 친구들이 모여 오후 다섯 시의 담화를 즐길 수 있는 고풍스런 비단으로 장식한 커다란 응접실을, 값을 평가할 수 없는 골동품들이 장식된 고급스런 가구를, 향기롭고 멋들어진 아담한 방을 상상하기도 했다.

저녁을 먹기 위해 3일 동안 사용한 식탁보가 덮인 둥근 탁자 앞에 앉았을 때, 마주 앉은 남편이 수프 그릇을 발견하고는 "이야, 맛있는 수프로군! 이보다 더 좋은 것이 없지" 하고 기쁜 표정으로 소리칠 때면, 그녀는 고급스런 만찬과, 화려한 은그릇과, 요정의 숲 한가운데에 사는 기이한 새들과 고대 인물들로 온 벽을 가득 채운 장식 융단을 생각했고, 또한 멋진 접시에 차려 나오는 진미와 분홍빛 송어 살과 들꿩 날개를 음미하면서 스핑크스와 같은 미소를 지으며 속삭이고 귀 기울여 듣는 품위 있는 행동을 생각했다.

그녀는 옷도 보석도 아무것도 없었다. 그런데도 그녀는 오로지 그런 것들만 좋아했으며, 그것을 위해 태어난 것같이 느꼈다. 그토록 그녀는 사람들의 마음에 들고 싶었고, 부러움을 받고 싶었으며, 매혹적으로 보여 환심을 사고 싶었다.

그녀에게는 수녀원 부속 여학교 동창인 부유한 친구가 한 명 있었는데, 그 친구를 만나고 돌아올 때면 너무도 마음이 아파서 다시는 그 친구를 만나고 싶지 않았다. 그녀는 슬픔과 후회와 절망과 고뇌에 젖어 3일 내내 울곤했다.

그러던 어느 날 저녁, 그녀의 남편이 커다란 봉투를 손에 들고 의기양양한 표정으로 귀가했다.

"자, 여기 당신을 위한 것이오."

그녀는 봉투를 재빨리 찢은 후 다음과 같은 글이 쓰여 있는 인쇄된 카드 한 장을 꺼내 들었다.

국민교육부 장관과 조르주 랑포노 여사가 1월 18일 월요일 장관 관저에서 저녁 연회를 열 예정이니, 루아젤 부부께서 참석하여 자리를 빛내주시기를 바랍니다.

기뻐하리라 생각했던 남편의 기대와는 달리 그녀는 화를 내며 초대장을 탁자 위에 던지고는 중얼거렸다.

"이걸 가지고 어떻게 하란 말이에요?"

"아니, 여보. 나는 당신이 좋아할 거라고 생각했는데. 당신은 외출해본 적이 없으니 아주 좋은 기회잖소! 내가 이걸 얻으려고 얼마나 노력을 했는지 몰라요. 모든 사람이 원했다고. 다들 가고 싶어하던걸. 일반 공무원들에게는 몇 장 주지도 않았소. 그날 그곳에 가면 고관들을 모두 보게 될 거요."

그녀는 성난 눈으로 남편을 바라보다가 참을 수 없어

말했다.

"대체 뭘 입고 거기에 가라는 거예요?"

남편은 거기까지는 생각해보지 않았다. 그가 더듬거렸다.

"그, 당신이 연극 공연을 보러 갈 때 입는 드레스 있잖소. 난 그 드레스가 참 좋아 보이던데……."

그는 울고 있는 부인을 보고 놀라 어쩔 줄 모르고 입을 다물었다. 두 줄기 굵은 눈물방울이 눈가에서 입가로 천천히 흘러내렸다. 그는 중얼거리며 말했다.

"왜 그러오? 응?"

그녀가 간신히 마음을 가라앉힌 후 젖은 볼을 닦으며 침착한 목소리로 대답했다.

"아무것도 아니에요. 다만 옷이 없기 때문에 저는 그 파티에 갈 수 없어요. 저보다 옷을 더 잘 입을 수 있는 부인이 있는 당신 동료에게 그 초대장을 주세요."

남편은 미안했다. 그는 다시 말을 이었다.

"여보, 마틸드. 다른 때에도 입을 수 있는 좀 수수한 그런 옷은 얼마 정도 할까?"

그녀는 잠시 생각했다. 가격을 계산해보고 이 검소한 공무원이 깜짝 놀라 소리를 지르며 일언지하에 거절하지 않을 금액을 따져보았다.

마침내 그녀는 주저하며 대답했다.

"저도 정확히는 잘 몰라요. 하지만 4백 프랑 정도면 살 수 있을 것 같아요."

남편은 조금 창백해졌다. 오는 여름에 일요일마다 종달새를 잡으러 가는 몇몇 친구와 함께 낭테르 평원에서 사냥을 즐기기 위해 엽총을 사려고 정확히 이만큼의 돈을 모아두었던 것이다.

그러나 그는 말했다.

"좋아요. 4백 프랑을 주겠소. 예쁜 드레스를 사도록 해요."

연회 날이 다가오는데 루아젤 부인은 침울하고 근심과 불안에 싸인 듯 보였다. 옷은 준비되어 있었다. 그래서 남편은 어느 저녁에 그녀에게 물었다.

"무슨 일 있는 거요? 사흘 전부터 당신 정말 이상하네."

"보석이든 장신구든 뭐 하나 치장할 것이 없어서 그래요. 제 모습이 정말 초라해 보일 거예요. 이번 연회는 가지 않는 것이 좋겠어요."

남편이 대답했다.

"생화를 달구려. 이런 계절에는 아주 근사할 거라고. 10프랑이면 두세 송이의 멋진 장미를 살 수 있을 거요."

그녀는 전혀 수긍하지 않았다.

"싫어요……. 돈 많은 여자들 사이에서 가난하게 보이는 것만큼 치욕스러운 일은 없을 거예요."

그러자 남편이 말했다.

"당신도 참! 당신 친구인 포레스티에 부인을 만나서 보석을 빌려달라고 부탁하면 되잖소. 그런 것쯤은 들어 줄 수 있는 사이이니."

그녀는 기뻐하며 소리쳤다.

"맞아요. 그 생각을 전혀 못 했네요."

다음 날 그녀는 친구 집에 찾아가서 자신의 사정을 이야기했다. 포레스티에 부인은 거울이 달린 장롱으로 다가가 커다란 상자를 들고 와서 열어 보이며 루아젤 부인에게 말했다.

"골라봐."

먼저 팔찌 몇 개를 보았고, 그 다음엔 진주 목걸이를, 베네치아산 십자가를, 잘 세공된 금은 보석을 보았다. 그녀는 거울 앞에서 장신구를 달아보고 망설이면서 벗어놓거나 돌려줄 마음의 결정을 내리지 못했다.

그녀가 물었다.

"다른 건 없어?"

"있고말고. 잘 찾아봐. 어떤 것이 네 마음에 들지 모르겠네."

순간 그녀는 검은 공단 상자에서 멋들어진 다이아몬드 목걸이 하나를 발견했다. 그녀의 가슴은 절제할 수 없는 욕망으로 뛰기 시작했다. 목걸이를 집는 그녀의 손이 떨렸다. 그녀는 가슴이 파이지 않은 드레스를 입은 목에 그것을 걸고는 스스로의 모습에 도취되어 서 있었다.

잠시 후 그녀는 걱정스러운 듯 망설이면서 물었다.

"다른 것 말고, 이걸 빌려줄 수 있니?"

"그럼, 물론이지."

그녀는 친구의 목을 감싸 안고는 열렬하게 양 볼에 키스를 한 후, 보석을 들고 도망치듯 나왔다.

연회 날이 돌아왔다. 루아젤 부인은 성공을 거두었다. 그녀는 그 어떤 여자보다도 예뻤고, 품위 있었으며, 우아했고, 미소에는 기쁨이 넘쳐 흘렀다. 모든 남성이 그녀를

 14 목걸이

바라보있으며, 그녀의 이름을 물었고, 소개를 받으려고 애썼다. 정부의 모든 고관이 그녀와 왈츠를 추고 싶어했다. 장관도 그녀를 눈여겨보았다.

그녀는 아무것도 생각하지 않고 자신의 미모가 이룬 쾌거와 성공의 영광, 모든 찬사와 감탄, 환기된 갈망과 한없이 달콤하고 완벽한 이 승리가 빚어낸 일종의 행복의 구름 속에서 기쁨에 도취되어 춤을 추었다.

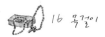

그녀는 새벽 네 시경에 그곳에서 나왔다. 그녀의 남편은 자정부터 정신없이 즐기고 있는 부인들을 기다리는 또 다른 세 명의 남자와 함께 사람이 없는 작은 응접실에서 졸고 있었다.

그는 그녀가 집으로 돌아갈 때 입으려고 가져온 겉옷을 아내의 어깨 위에 걸쳐주었다. 평상시에 입는 그 옷은 파티복의 우아함에 대비되어 누추함이 도드라졌다. 그녀는 값비싼 모피를 두른 다른 부인들의 눈에 띌까 봐 도망치고 싶었다.

루아젤이 그녀를 붙들었다.

"잠시만 기다려요. 밖이 추워 감기 들지도 몰라요. 마차를 부르리다."

하지만 그녀는 남편의 말을 듣지 않고 계단을 재빨리

내려갔다. 그들이 거리로 나왔을 때 마차는 보이지 않았다. 그래서 그들은 멀리 지나가는 마부들을 소리쳐 부르기 시작했다.

그러나 아무리 불러도 마차가 오지 않자 낙담한 그들은 추위에 떨며 센 강 쪽으로 내려갔다. 낮 동안에는 그 초라함이 부끄럽다는 듯 나오지 않다가 오직 밤에만 파리를 돌아다니는 밤 마차 한 대를 마침내 강가에서 발견했다.

마차는 그들을 마르티르 거리에 있는 집 문 앞까지 데려다 주었다. 그들은 쓸쓸하게 층계를 올라갔다. 그녀에겐 모든 것이 끝났다. 남편은 내일 아침 열 시까지 국민교육부에 출근할 일을 생각하고 있었다.

영광의 모습을 다시 한 번 보기 위해 그녀는 거울 앞에서 어깨에 걸쳤던 옷을 벗었다. 그 순간 그녀가 비명을 질렀다. 목에 걸었던 다이아몬드 목걸이가 보이지 않던 것이다!

벌써 반쯤 옷을 벗은 남편이 물었다.

"무슨 일이오?"

미친 사람처럼 그녀는 남편을 돌아보았다.

"저…… 저…… 포레스티에 부인 목걸이가 없어졌어

요."

남편은 놀라 벌떡 일어섰다.

"뭐요……! 어떻게…… 그럴 리가 없소!"

그들은 드레스며, 외투며, 주머니 속을 샅샅이 뒤졌다. 하지만 아무것도 찾지 못했다.

남편이 물었다.

"연회장을 떠날 때 목걸이를 걸고 있었던 것이 확실하오?"

"그럼요. 교육부 현관 입구에서 그걸 만졌는걸요."

"하지만 만약 당신이 길에서 잃어버렸다면 떨어지는 소리를 들었을 텐데. 그럼 마차에 있겠군."

"그래요, 그럴지도 몰라요. 마차 번호를 기억해요?"

"아니. 당신은, 당신은 번호를 보지 않았소?"

"아니요."

그들은 실망한 채로 생각에 잠겼다. 마침내 루아젤이 다시 옷을 입었다.

"내가 가보겠소. 목걸이를 찾을 수 있을지 모르니 우리가 왔던 길을 되짚어 가봐야겠소."

그리고 남편은 밖으로 나갔다. 그녀는 잠자리에 누울 기력도 없어 의자에 쓰러진 채, 불도 피우지 않고 아무

 18 목걸이

생각 없이 연회복 차림 그대로 있었다.

일곱 시쯤 남편이 돌아왔다. 손에는 아무것도 없었다.

그는 경찰서로, 현상을 걸기 위해 신문사로, 마차 회사로, 조금이라도 희망이 보이는 곳이면 어디나 찾아가 보았다.

그녀는 이 무서운 재난 앞에서 불안한 상태로 하루 종일 남편을 기다렸다.

루아젤이 저녁에 핼쑥하고 창백한 얼굴로 돌아왔다. 그는 아무것도 발견하지 못했다.

"당신 친구에게 목걸이 잠금 장치가 부러져 고치고 있는 중이라고 편지를 써야겠소. 그러면 돌려주는 데 조금이라도 더 시간을 벌 수 있을 거요."

그녀는 남편이 불러주는 대로 편지를 썼다.

일주일이 지나자 그들은 모든 희망을 잃어버렸다.

다섯 살은 더 늙은 것 같은 루아젤이 단언했다.

"똑같은 보석을 찾아봐야겠소."

다음 날 그들은 목걸이를 담아둔 상자를 들고 상자 안에 적힌 보석상을 찾아갔다. 보석상 주인은 장부를 살펴보았다.

"부인, 이 목걸이를 판 사람은 제가 아닙니다. 상자만 판 것 같군요."

그들은 똑같은 목걸이를 찾기 위해 자신들의 기억을 더듬어가며 슬픔과 고통으로 병든 사람처럼 이 가게, 저 가게를 돌아다녔다.

마침내 그들은 찾고 있는 것과 똑같아 보이는 다이아 몬드 목걸이를 팔레루아얄의 한 상점에서 발견했다. 값은 4만 프랑이었다. 주인은 3만 6천 프랑만 주면 팔겠다고 했다.

그들은 주인에게 사흘 안에 올 테니 목걸이를 다른 사람에게 팔지 말아달라고 부탁했다. 그리고 만약 그들이 목걸이를 산 후 2월 말 전에 잃어버린 목걸이를 다시 찾으면, 3만 4천 프랑에 물러달라는 조건도 덧붙였다.

루아젤은 아버지가 물려준 1만 8천 프랑을 가지고 있었다. 나머지는 빚을 얻어야 했다.

그는 이 사람에게 천 프랑, 저 사람에게 5백 프랑, 여기서 5루이▪, 저기서 3루이를 부탁해 빚을 얻었다. 또 어음을 발행했고, 파산을 초래하는 저당을 잡혔으며, 고리

▪ 루이 13세 때 만들어진 20프랑짜리 금화.

20 목걸이

대금업자를 비롯한 모든 대금업자와 거래를 했다. 그는 자신의 남은 인생을 위태롭게 하며, 이행할 수 있을지도 모르는 서류에 서명을 했다. 그리고 미래에 대한 불안과 그를 지치게 할 어두운 가난과 예상되는 모든 물질적 결핍과 정신적 고통에 몸을 떨며 새 목걸이를 사기 위해 보석상에 가서 3만 6천 프랑을 계산대 위에 올려놓았다.

루아젤 부인이 포레스티에 부인에게 그 목걸이를 돌려주자 그녀는 얼굴을 찡그리며 말했다.

"좀 더 일찍 돌려줬어야지. 필요한 일이 생겼으면 어쩔 뻔 했어."

포레스티에 부인은 그녀가 걱정한 대로 보석 상자를 열어보지 않았다. 목걸이가 바뀐 것을 알아차렸다면 어떻게 생각했을까? 무슨 말을 했을까? 자신을 도둑으로 여기지는 않았을까?

루아젤 부인은 곧 궁핍한 생활의 끔찍함을 알게 되었다. 그녀는 비장한 결심을 했다. 무시무시한 빚을 갚아야만 했다. 내가 갚으리라. 그녀는 하녀를 내보냈으며, 집을 옮겨 지붕 밑 다락방으로 세를 얻었다.

그녀는 집안일이 얼마나 힘든지, 부엌일이 얼마나 귀

찮은지를 알게 되었다. 기름때가 낀 사기그릇과 찌꺼기가 달라붙은 냄비 밑바닥을 분홍빛 손톱이 닳도록 닦아냈다. 더러운 옷가지, 셔츠, 행주를 빨아 빨랫줄에 널어 말렸으며, 매일 아침 쓰레기를 버리러 길가로 내려갔고, 층계참마다 숨을 돌리면서 물을 길어 올렸다. 또한 하층 계급의 여자처럼 옷을 입고 바구니를 손에 들고는 과일 가게며 식료품 가게며 정육점을 다녔는데, 한 푼이라도 절약하기 위해 욕을 얻어먹으면서까지 값을 깎기도 했다.

매달 어음을 결제해야 했고, 다른 어음은 새로 쓰거나 연장해야 했다..

남편은 매일 저녁 다른 상인들의 장부를 정서해주는 일을 했으며, 밤에는 한 페이지 당 5수▪▪를 받으며 종종 사본을 만들어주곤 했다.

이런 생활은 10년 동안 지속되었다.

10년이 지났을 때 그들은 모든 빚, 고리대금 이자와 함께 축적된 이자의 이자까지도 모두 갚았다.

이제 루아젤 부인은 늙어 보였다. 그녀는 가난한 가정

▪▪ 옛 화폐 단위.

의 억세고 거친 여인이 되어버렸다. 빗질도 제대로 하지 않고 정갈하지 않은 치마를 입고 손은 발그스름해졌다. 큰 소리로 말을 했으며 큰 양동이로 물을 퍼부으며 마룻바닥을 닦아냈다. 하지만 가끔 남편이 출근하고 없을 때 그녀는 창가에 앉아서 그녀가 그토록 아름다웠고 즐거웠던 예전의 그 연회를 생각하곤 했다.

만약 그녀가 목걸이를 잃어버리지 않았다면 어떻게 되었을까? 누가 알 것인가? 누가 알 수 있단 말인가? 인생은 이토록 기이하고 변화가 많은 것이다! 사소한 일이 파멸을 가져오기도 하고 구원을 하기도 하다니!

그러던 어느 일요일, 그녀는 일주일 동안의 피로를 풀기 위해 샹젤리제 거리에 산책을 하러 나갔다가, 우연히 어린 아이를 데리고 산책을 하고 있는 한 여자를 발견했다. 여전히 젊고 여전히 아름답고 여전히 매력적인 포레스티에 부인이었다.

루아젤 부인은 어떤 강렬한 감정을 느꼈다. 포레스티에 부인에게 말을 걸까? 물론이다. 지금은 빚을 다 갚았으니 포레스티에 부인에게 모든 것을 얘기할 것이다. 못할 이유가 없지 않은가?

그녀가 다가갔다.

"잔, 잘 있었어?"

포레스티에 부인은 그녀를 전혀 알아보지 못했으므로 이 초라한 여자가 이토록 친근감 있게 자신을 부르는 것에 놀랐다. 그녀가 더듬거리며 말했다.

"부인, 저는 댁을 잘 모르겠군요……. 사람을 잘못 보신 것 같네요."

"아니. 나 마틸드 루아젤이야."

친구가 소리를 질렀다.

"아……! 가엾은 마틸드, 이렇게 변하다니!"

"그래, 너를 마지막 본 후부터 아주 힘든 나날을 보냈어. 가난에 시달렸거든……. 너 때문에!"

"나 때문이라니…… 무슨 소리야?"

"교육부 파티에 가기 위해서 내가 너에게 빌렸던 다이아몬드 목걸이 기억하지?"

"그럼, 그런데?"

"그런데 내가 그걸 잃어버렸었거든."

"뭐라고? 그건 나한테 돌려줬잖니."

"내가 준 것은 생긴 건 똑같지만 다른 목걸이었어. 그

래, 그 돈을 갚는 데 10년이나 걸렸지. 이해하겠지, 아무 것도 없는 우리로서는 쉬운 일이 아니었어……. 어쨌든 다 지난 일이야. 지금은 아주 홀가분해."

포레스티에 부인이 멈춰 섰다.

"네 말은 그러니까 내 것을 대신하기 위해 다른 다이아몬드 목걸이를 샀단 말이니?"

"그래. 못 알아봤구나, 그렇지? 목걸이가 아주 똑같았으니까."

그리고 그녀는 자랑스럽고 순박한 기쁨의 미소를 지었다.

포레스티에 부인은 감정이 북받쳐서 그녀의 두 손을 잡았다.

"아! 가엾은 마틸드! 내 것은 가짜였어. 그 목걸인 기껏해야 5백 프랑밖에 안 되는 거였는데……!"

달빛

줄리 루베르 부인은 스위스 여행에서 돌아오는 언니 앙리에트 레토레 부인을 기다리고 있었다. 레토레 부부는 5주 전쯤 여행을 떠났었다. 앙리에트 부인은 볼일이 있는 남편을 칼바도스의 그들 저택으로 혼자 떠나보내고, 동생 집에 며칠 묵으러 파리에 들렀다.

저녁이 되었다. 황혼으로 인해 어둑어둑해진 중산층의 작은 응접실에서 루베르 부인은 소리가 날 때마다 눈을 치올리면서도 한가로이 책을 읽고 있었다.

마침내 초인종이 울렸고, 커다란 여행복을 잔뜩 껴입

은 언니가 모습을 드러냈다. 두 여인은 얼굴도 채 알아보기 전에 거칠게 서로를 부둥켜안았다. 볼에 키스를 하려고 잠시 떨어졌다가 또다시 부둥켜안았다.

그러고 나서 앙리에트가 베일과 모자를 벗는 동안, 두 여인은 서로의 건강과 가족들의 안부, 그 밖의 많은 일에 대해 묻고 수다를 떨며 성급하게 튀어나오는 말을 내뱉었다.

밤이 되었다. 루베르 부인은 벨을 눌러 램프를 가져오게 했다. 불빛이 들어오자 그녀는 다시 한 번 껴안으려고 언니를 바라보았다. 그러나 그녀는 곧 아무 말도 못 하고 놀라움에 사로잡혀 그대로 멈춰 섰다. 레토레 부인의 관자놀이 주위에 두터운 두 줄기의 흰머리가 있었다. 나머지 머리는 윤기가 흐르는 짙은 검은빛을 띠고 있었으나 거기, 오로지 거기에는 마치 머리카락의 검은 더미 속으로 곧 사라지는 두 개의 은빛 도랑처럼 흰머리가 양쪽으로 길게 이어져 있었다. 그녀는 이제 갓 스물네 살이었고, 흰머리는 스위스로 떠난 후 갑자기 생긴 것이었다. 놀란 루베르 부인은 그 어떤 기이하고 끔찍한 불행이 언니를 엄습한 것처럼 울상이 되어 꼼짝도 하지 않은 채 그녀를 바라보았다. 동생이 물었다.

"앙리에트, 무슨 일 있었어?"

힘없이 슬픈 미소를 지으며 언니가 대답했다.

"아니야. 아무 일 없어. 내 흰머리 때문에 그러니?"

하지만 루베르 부인은 그녀의 어깨를 격렬하게 붙들고는 시선을 마주치려 애쓰며 반복해 물었다.

"무슨 일이야? 무슨 일이 있는지 말해봐. 거짓말할 생각은 마. 난 다 알 수 있으니까."

두 여인은 서로 마주 보았다. 앙리에트 부인은 쓰러질듯 창백했고, 시선을 떨어뜨린 두 눈가에는 눈물이 맺혔다.

동생이 반복했다.

"무슨 일인데? 왜 그러는 거야? 말해봐."

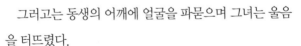

그러자 포기한 목소리로 언니가 중얼거렸다.

"나…… 나에게 애인이 생겼어."

그러고는 동생의 어깨에 얼굴을 파묻으며 그녀는 울음을 터뜨렸다.

잠시 후 안정을 조금 되찾은 언니는 가슴의 동요가 진정되자 마치 비밀을 토해내어 동생의 가슴속 고통을 덜어주려는 듯 갑자기 이야기를 꺼내기 시작했다.

그렇게 두 여인은 두 팔로 서로를 껴안고 붙잡으면서

응접실의 어두운 구석에 있는 소파에 가 주저앉았다. 동생은 언니의 목을 끌어 가슴에 품으며 귀를 기울였다.

아! 변명할 여지가 없다는 건 나도 알아. 나 또한 스스로를 이해할 수 없으니까. 그날 이후 나는 제정신이 아니야. 조심해, 쥘리. 너도 조심해야 해. 우리가 얼마나 나약하고, 얼마나 굴복하기 쉽고, 얼마나 빨리 유혹에 넘어가는지 넌 모를 거야! 많은 것이 필요한 게 아니야. 아주 사소한, 아주 사소한 것. 감동이랄까, 마음속에 불현듯 찾아오는 우울한 그것. 어떤 순간에 우리 모두가 가질 수 있는, 두 팔을 벌려 껴안고 사랑하고 싶은 단 하나의 욕구만 있으면 되는 거야.

너는 형부를 알지. 내가 그 사람을 얼마나 사랑하는지도 알고. 그이는 성숙하고 이성적이지만, 여인의 가슴속에 이는 온갖 부드러운 동요에 대해서는 전혀 이해하지 못해. 그이는 언제나 똑같아. 항상 친절하고 늘 미소를 지으며 언제나 관대하지. 늘 완벽해. 아! 가끔 그 사람이 나를 갑자기 팔로 감싸 안으며 두 인간이 하나가 되는 무언의 고백처럼 감미로운 키스를 천천히 해주기를 얼마나 갈망했었는지 몰라. 그가 어리석고 어떤 결함이 있더라

도, 나를 필요로 하고 나의 애무와 눈물을
필요로 하는 사람이기를 내가 얼마나 원했
었는지!

이 모든 것이 바보 같지. 하지만 우리 여자들이
란 이렇잖아. 어쩌겠니?

그렇다 해도 외도할 생각은 단 한 번도 한 적이 없었
어. 이제는 벌어진 일이지만. 사랑도 이유도 아무것도
없었어. 어느 날 밤 뤼세른 호수 위로 비친 달빛 때문이
었어.

우리가 함께 여행한 한 달 동안 남편은 말 없는 무관심
으로 나의 열정을 마비시키고 내 흥분을 소멸시켜버렸
어. 한번은 우리가 네 마리 말이 이끄는 마차를 타고 태
양이 떠오르는 비탈길을 내려가고 있었지. 아침의 투명
한 안개 속에 길게 뻗은 계곡과 나무와 강과 마을을 발견
하고는 그 정경에 홀려 내가 손뼉을 치며 그에게 "여보,
참 아름답죠. 키스해주세요!"라고 말했어. 남편은 남자답
긴 하지만 차가운 미소를 지으며 어깨를 으쓱하더니 "경
치가 아름답다고 키스할 이유는 없잖소"라고 대답하는
거야.

그때 그 말이 나를 가슴속까지 서늘하게 만들었어. 나

는 서로 사랑하는 사이라면 감
동을 주는 풍경 앞에서 더욱더
사랑하고 싶어지는 욕망이 생긴다고 생각했었거든.

요컨대 내 마음속에는 시적인 감성이 들끓었고, 그는
나의 그 감성을 억제했던 거야. 너에게 내가 무슨 말을
더 하겠니? 나는 거의 증기가 가득 찬 밀폐된 보일러 같
았어.

우리가 플뤼엘랑 호텔에 머무른 지 나흘째가 되던 날
저녁, 로베르는 머리가 조금 아프다며 저녁을 마치고 바
로 잠자리에 들기 위해 올라갔고, 나는 호숫가 주변을 산
책하러 혼자서 나갔어.

동화 속에나 나올 듯한 그런 밤이었어. 둥그런 달이 하
늘 한가운데에 떠 있고, 눈 덮인 높은 산은 은빛 머리를
하고 있는 것 같았지. 잔물결이 이는 수면은 반짝거리며
전율을 일으키고 있었어. 온화한 대기는 그 따사로움으
로 몸속까지 파고들어 무기력한 느낌이 들 정도로 나를
부드럽게 만들었고, 아무 이유 없이 다정하게 만들었지.
그럴 때 정신 상태가 얼마나 감성적이고 예민해지는지,
얼마나 감동받고 감정을 강하게 느끼게 되는지 몰라!

나는 잔디밭에 앉아 우수에 찬 매혹적인 그 커다란 호

수를 바라보고 있었어. 그때 알 수 없는 무언가가 내 마음속을 스치고 지나갔지. 그건 채워지지 않는 사랑에 대한 욕구, 내 인생의 서글픈 진부함에 대한 반항심이었어. 아니, 뭐, 나라고 달이 멱을 감고 있는 저 강둑을 따라 사랑하는 남자의 품을 향해 달려가지 말라는 법이 있겠니? 신이 사랑하는 사람을 위해 만들어놓은 것 같은 이 부드러운 밤에 나누는 그 깊고도 달콤하고 황홀한 키스를 내 안에서는 느끼면 안 돼? 나는 결코 여름 밤 달빛의 그늘 속에서 넋이 나간 남자의 두 팔에 열정적으로 안겨보지 못할 거란 말이야?

나는 미친 여자처럼 울기 시작했어.

순간 등 뒤로 무슨 소리가 들렸지. 어떤 남자가 나를 바라보며 서 있었어. 내가 고개를 돌리자 그가 나를 알아보고 다가와서는 "부인, 울고 계신가요?" 하고 물었어.

그 사람은 자기 어머니와 함께 여행을 하는 젊은 변호사였는데, 우리랑 몇 번 만났었어. 그는 나를 자주 쳐다봤지.

난 너무 놀라서 뭐라고 대답해야 할지 몰랐어. 자리에서 일어나 몸이 안 좋다고 얘기했지.

그는 자연스럽고도 정중하게 내 옆에서 걷기 시작했

고, 우리의 여행에 대해서 얘기했어. 내가 느꼈던 모든 것을 그가 말로 표현했고, 나를 전율시켰던 그 모든 것을 나보다 더 잘 이해했지. 그런데 갑자기 그가 뮈세의 시를 암송하는 거야. 나는 말로 표현할 수 없는 감정에 사로잡혀 질식할 것만 같았어. 산도 호수도 달빛도 이루 형용할 수 없는 감미로운 노래를 부르는 듯했지…….

그리고 그렇게, 나도 무슨 이유로 그랬는지 일종의 환각 상태에서 그렇게 되었어…….

그 남자는…… 다음 날 떠났고, 난 그 뒤로 그 사람을 다시 만나지 못했어. 내게 명함을 주더구나!

그러고는 레토레 부인은 동생의 품에서 기력을 잃고, 거의 비명 같은 한탄의 한숨을 내쉬었다.

그러자 루베르 부인은 결론을 짓듯 엄숙하고도 조용한 목소리로 단언했다.

"그거 봐, 언니. 흔히 우리 여자들이 사랑하는 것은 남자가 아니라 사랑 그 자체야. 그날 밤 언니의 진짜 애인은 달빛이었어."

두 친구

파리는 포위되었고, 사람들은 굶주림에 지쳐가고 있었다. 지붕 위의 참새도 점점 사라져갔고, 하수구의 쥐들도 보이지 않게 되었다. 사람들은 무엇이든 먹어치웠다.

정월의 어느 청명한 아침, 직업은 시계상이지만 때때로 한가로이 지내기를 좋아하는 모리소는 제복 주머니에 두 손을 집어넣은 채 주린 배를 이끌고 외곽 도로를 따라 우울하게 산책을 하다가, 친구와 마주치자 순간 걸음을 멈추었다. 물가에서 알게 된 소바주 씨였다.

전쟁 전에 모리소는 매주 일요일이면 새벽이 되기 무섭게 한 손에는 대나무 낚싯대를 들고, 등에는 양철통을 메고 길을 나섰다. 그리고 아르장퇴유행 기차를 타고 콜롱브에서 내린 후, 걸어서 마랑트 섬에 다다르곤 했다. 꿈에도 그리운 이 장소에 도착하자마자 그는 낚시를 시작해, 밤늦게까지 고기를 잡았다.

일요일마다 그는 거기서 뚱뚱하고 키 작은 명랑한 한 남자, 노트르담 드 로레트 거리에서 잡화상을 하는 또 한 명의 낚시광, 소바주 씨를 만났다. 그들은 흐르는 물 위에서 발을 흔들거리며 나란히 앉아 낚싯대를 손에 쥐고 반나절을 함께 보내곤 했다. 그러면서 친분을 맺게 된 것이다.

어떤 날에는 서로 말을 주고받지 않았고 어떤 날은 이야기를 했지만, 비슷한 기호와 똑같은 감각을 가진 그들은 한마디 말을 하지 않고도 놀라울 정도로 뜻이 잘 맞았다.

봄날 아침 열 시쯤, 갓 떠오른 태양이 잔잔한 강물 위로 뿌연 수증기를 피어오르게 하고 두 낚시광의 등 위로 새로운 계절의 따뜻한 열기를 쏟아 부을 때면, 가끔 모리소는 옆 사람에게 "오, 이 얼마나 따뜻한 날인가요!" 하

36 두 친구

며 말을 건넸고, 그러면 소바주 씨는 "이보다 더 좋은 것은 없을 거예요"라고 응답했다. 서로를 이해하고 서로를 믿기에는 이것으로도 충분했다.

가을에는 저녁 무렵의 저무는 태양에 붉게 달아오른 하늘이 진홍색 구름의 형태를 물 위로 퍼트려 강물을 온통 붉게 물들이고, 수평선을 타오르게 만들며, 두 친구를 불처럼 붉게 만들고, 겨울의 추위에 떨고 있는 이미 짙은 갈색으로 변해버린 나무들을 금빛으로 만들 때면, 소바주 씨는 미소 띤 얼굴로 모리소를 바라보며 "이 얼마나 아름다운 광경입니까?" 하고 얘기하곤 했다. 그러면 경탄을 금치 못하는 모리소는 낚시찌에서 눈을 떼지 않고 "시내보다도 훨씬 낫지요, 안 그래요?" 하고 대답했다.

그들은 서로를 알아보자마자 너무도 다른 상황에서 만나게 되어 감동을 받은 듯 힘 있게 악수를 나누었다. 소바주 씨가 한숨을 내쉬며 중얼거렸다.

"이런 난리가 어디 있을까!"

모리소도 침울하게 한탄했다.

"날씨는 또 어떻고요! 오늘이 금년 들어 처음으로 좋은 날씨군요."

실제로 하늘은 새파랗고 햇빛으로 가득했다.

그들은 생각에 잠긴 채 우울하게 걷기 시작했다.

"아, 낚시! 참 좋은 추억이었죠?"

모리소가 말했다.

"언제쯤이면 거기 다시 갈 수 있을까요?"

소바주 씨가 물었다.

그들은 어느 작은 카페에 들어가 압생트 한 잔씩을 마셨다. 그러고 난 후 인도를 따라 다시 걷기 시작했다.

모리소가 갑자기 멈추어 서더니 "한잔 더 어때요?" 하고 물었고, 소바주 씨도 "원하시는 대로"라며 동의했다. 그들은 다른 술집으로 들어갔다.

술집을 나설 때 그들은 많이 취해 있었고, 아무것도 먹지 않고 술로 배를 채운 사람들처럼 비틀거렸다. 날씨는 따스했고 부드러운 미풍이 그들의 얼굴을 간질였다.

따사로운 공기에 완전히 취해버린 소바주 씨가 멈춰 섰다.

"거기 갈까요?"

"거기라니, 어디요?"

"낚시하러요."

"아니, 어디로요?"

"우리의 섬으로요. 프랑스 전초가 콜롱브 근처에 있어요. 내가 뒤물랭 대령을 알거든요. 그가 우리를 쉽게 통과시켜줄 거예요."

모리소는 갈망으로 몸이 떨렸다.

"좋아요. 갑시다"

그리고 그들은 각자 낚시 도구를 챙기러 잠시 헤어졌다.

한 시간 후 그들은 나란히 대로를 걷고 있었다. 그들은 대령이 묵고 있는 별장에 다다랐다. 대령은 그들에게 미소를 지으며 뜬금없는 그들의 요청을 받아들였다. 통행증을 거머쥔 그들은 다시 걷기 시작했다.

그들은 곧 전초지를 넘어 인적이 끊긴 콜롱브를 지나 센 강 쪽으로 비스듬히 펼쳐진 작은 포도밭에 이르렀다. 열한 시경이었다.

정면에 있는 아르장퇴유 마을은 마치 쥐 죽은 듯 조용했다. 오르주몽과 사누아의 언덕이 온 지방을 굽어보고 있었다. 낭테르까지 다다르는 넓은 평원에는 너무도 황량하게 앙상한 벚나무와 잿빛 땅만이 있을 뿐이었다.

"프러시아인들이 저 위에 있어요!"

소바주 씨는 언덕 위를 손가락으로 가리키며 중얼거렸다. 이 인적 없는 곳에서 두 친구는 그 어떤 불안으로 무력감을 느꼈다.

'프러시아인들!'

그들은 한 번도 본 적은 없지만, 파리 근처에서 프랑스를 파괴하고 약탈하고 학살하고 굶주리게 하는 보이지 않는 막강한 힘을 가진 이들이 있다는 것을 몇 달 전부터 느끼고 있었다. 잘 알려지지 않은 승리한 이 민족에 대해 그들은 증오심과 더불어 일종의 미신적인 공포감마저 삿고 있었다.

"만약에 우리가 그 사람들을 만나면 어떡하죠?"

모리소가 더듬거렸다.

그러자 소바주 씨는 어떤 상황에서도 잃지 않는 파리 사람 특유의 쾌활함으로 "튀김이나 하나 건네줍시다"라고 대답했다.

하지만 온 지평선을 감싸는 침묵에 겁을 먹은 그들은 그 이상의 모험을 주저했다.

마침내 소바주 씨가 결단을 내렸다.

"자, 출발! 하지만 조심해요."

그들은 불안한 눈을 움직이며 귀를 곤두세우고, 덤불

을 이용해 몸을 가리고, 몸을 굽힌 채로 기어서 포도밭을 내려갔다.

강가에 닿으려면 벌거벗은 광야의 한 부분만 가로지르면 되었다. 그들은 달리기 시작했다. 그리고 강둑에 다다르자 메마른 갈대숲 속에 몸을 웅크렸다.

모리소는 혹시라도 주변에서 발자국 소리가 들리지 않나 싶어 뺨을 땅에 대고 귀를 기울였다. 아무 소리도 들리지 않았다. 오직 그들만이 있을 뿐이었다.

그들은 마음을 푹 놓고 낚시를 시작했다.

그들 앞에 있는 인적 없는 마랑트 섬이 반대편 강둑으로부터 그들을 가려주었다. 닫혀 있는 작은 음식점이 있었는데, 몇 년 전부터 버려진 듯 보였다.

소바주 씨가 첫 번째로 모샘치 한 마리를 잡았고, 모리소가 두 번째로 낚았다. 그들은 줄 끝에 걸려 팔딱팔딱 뛰는 은빛을 띤 작은 고기들을 쉴 새 없이 끌어 올렸다. 기적같이 잘되는 고기잡이였다.

그들은 발밑에 담가둔 매우 촘촘한 어망에 물고기를

조심스럽게 담았다. 그러고 나면 감미로운 기쁨, 오래전부터 빼앗겼던 즐거움을 다시 찾았을 때 느끼는 그런 기쁨이 그들을 파고들었다.

따사로운 태양의 열기가 그들의 어깨를 따라 흘러내렸다. 그들은 이제 아무것도 듣지 않았고, 아무것도 생각하지 않았고, 다른 세상사를 잊어버린 채 낚시만을 하고 있었다.

그런데 갑자기 땅 밑에서부터 들려오는 듯한 둔탁한 소리가 대지를 흔들었다. 대포 소리가 쾅쾅 울리기 시작한 것이다.

모리소가 고개를 돌렸다. 그는 강둑 너머 왼쪽 저편으로 방금 전 뿜어진 화약 연기를 수탉의 볏처럼 전면에 두르고 있는 몽발레리앙 산의 거대한 윤곽을 발견했다.

또다시 요새 꼭대기에서 두 번째 연기가 솟아올랐다. 잠시 후 새로운 포성이 포효했다.

그러고 나서 잇단 포성이 울렸고, 산은 죽음의 냄새를 퍼뜨렸으며, 고요한 하늘로 서서히 상승하는 젖빛의 연기는 산 위로 구름을 만들어냈다.

"또 시작이군요."

소바주 씨가 어깨를 으쓱거리며 말했다.

낚시찌의 깃털이 연속해서 물속에 잠기는 것을 걱정스럽게 바라보던 모리소는 갑자기 분노가 치밀었다. 서로 싸워대는 미친 사람들에 대해 평화를 사랑하는 사람이 가질 법한 분노였다.

"정말 어리석기 짝이 없네요. 저렇게 서로 죽이지 못해 안달이라니."

모리소가 투덜거렸다.

"짐승만도 못하지요."

소바주 씨가 말을 받았다.

"정부가 있는 한 항상 이럴 거예요."

잉어 한 마리를 갓 잡아 올린 모리소가 말했다.

"공화국이라면 전쟁을 선포하지 않았을 텐데……."

소바주 씨가 친구의 말을 막았다.

"왕이 있으면 밖에서 전쟁을 하고, 공화국이 되면 안에서 전쟁을 하니, 원."

이번에는 모리소가 말을 끊었다.

그러면서 그들은 온순하지만 식견이 좁은 사람들의 건전한 이성으로 커다란 정치적인 문제에 대해 토론했다. 그들은 인간은 결코 자유로워질 수 없다는 점에 대해 의견의 일치를 보면서 조용히 이야기를 계속했다. 몽발레리앙 산은 쉬지 않고 대포 소리를 울려댔다. 포탄은 프랑스 집들을 파괴하고, 삶을 부수고, 사람들을 짓밟고, 꿈과 기다리던 기쁨과 기대하던 행복에 종말을 선언하면서, 다른 나라의 아내와 딸과 어머니의 가슴에 그치지 않는 고통을 새기고 있었다.

"이게 인생이지요."

소바주 씨가 단언했다.

"차라리 죽음이라고 하세요."

모리소가 웃으면서 말을 받았다.

그러다 갑자기 그들은 자신들의 뒤에서 누군가 걸어오는 것을 느끼고는 질겁했다. 고개를 돌리자 그들의 어깨 주위로 무장을 한 건장한 남자 네 명이 그들의 뺨에 총부리를 겨누었다. 그들은 모두 하인들처럼 제복을 입고 납작한 모자를 쓰고 있었으며 수염이 덥수룩했다.

두 개의 낚싯대가 그들의 손에서 벗어나 강가로 흘러내려갔다.

단 몇 초 만에 그들은 체포되어 결박된 채로 끌려가 작은 배에 팽개쳐진 후, 섬으로 이송되었다.

그들이 비어 있는 곳이라 생각했던 집 뒤로 독일군이 스무 명 가량 있었다.

의자에 말 타듯 걸터앉아 커다란 사기 파이프 담배를
피우고 있던 거인 같은 털보 한 사람이 능숙한 프랑스어
로 물었다.

"어, 그래. 선생들, 낚시는 잘 하셨소?"

그러자 한 군인이 정성스레 챙겨 온 생선이 가득 든 어
망을 장교의 발밑에 내려놓았다.

"아하! 그렇게 안 되지는 않았군. 하지만 이건 다른 문
제요. 당황하지 말고 잘 들으시오."

프러시아인이 미소를 지으며 말했다.

"내가 보기에 당신 두 사람은 내 동정을 살피러 온 스
파이들이오. 그래서 당신들을 잡아서 총살을 할 것이오.
목적을 제대로 감추기 위해 낚시를 하는 척하고 있었던
모양인데, 이제 당신들은 내 손안에 떨어졌소. 당신들에
겐 안된 일이지만, 이게 바로 전쟁이란 것이지요. 하지만
당신들은 전초를 빠져나왔으니 다시 돌아가기 위한 암호
도 분명히 알고 있을 것이오. 나에게 그 암호를 알려주시
오. 그러면 특혜를 베풀겠소."

두 친구는 창백해진 얼굴로 잠자코 나란히 서 있었다.
손이 가볍게 떨렸다.

장교가 말을 이었다.

"아무도 이 일을 모를 것이오. 당신들은 평화롭게 돌아갈 수 있소. 비밀은 당신들과 함께 사라질 것이오. 만약 거부한다면 죽음뿐이오. 그것도 당장에 말이오. 둘 중 선택하시오."

그들은 입을 다문 채 꼼짝하지 않았다.

프러시아인은 침착하게 강 쪽을 손으로 가리키며 말했다.

"5분 후면 당신들은 저 강바닥에 있게 될 것이오. 5분이오! 당신들에게도 부모가 있겠지요?"

몽발레리앙 산은 여전히 쾅쾅 울리고 있었다.

두 낚시꾼은 조용히 서 있었다. 독일인은 자기 나라 말로 뭐라고 명령을 내렸다. 그러고는 포로들에게서 좀 떨어져 있기 위해 의자의 위치를 바꾸었다. 열두 명의 남자가 20보 거리에서 총대를 바닥에 꼿꼿이 세운 채 자리를 잡았다.

"1분을 주겠소. 그 이상은 안 되오."

장교가 말했다.

그러더니 갑자기 자리에서 일어나 두 프랑스인에게 다가왔다. 그는 모리소의 팔을 잡고 한쪽으로 끌고 가서는 낮은 목소리로 말했다.

"어서 말하시오! 암호가 뭐요? 당신 친구는 아무것도 모를 것이오. 내가 측은한 표정을 지을 테니까."

모리소는 아무 대답도 하지 않았다.

그러자 프러시아인이 소바주 씨를 끌고 가 같은 질문을 던졌다.

소바주 씨는 대답하지 않았다.

그들은 또다시 나란히 서게 되었다.

장교가 명령을 내렸다. 병사들이 무기를 들었다.

그 순간 모리소의 눈길이 몇 발자국 떨어진 풀밭에 그대로 있는 어망 위로 우연히 쏠렸다. 어망에는 모샘치가 가득했다.

한 줄기 햇살이 아직도 파닥거리는 생선 더미를 반짝이게 만들었다. 갑자기 온몸에 기운이 빠졌다. 안간힘을 썼지만 눈에는 눈물이 가득 고였다.

그가 더듬거리며 말했다.

"잘 가세요, 소바주 씨."

소바주 씨가 대답했다.

"모리소 씨도 잘가요."

그들은 물리칠 수 없는 공포로 머리끝에서부터 발끝까지 떨면서 악수를 나누었다.

장교가 "발사!" 하고 소리쳤다.

열두 발의 총알이 동시에 발사되었다.

소바주 씨는 단번에 코를 박고 쓰러졌다. 그보다 키가 큰 모리소는 가슴이 해진 웃옷 위로 피를 뿜어대면서, 비틀거리며 뱅그르르 돌다가 하늘을 바라보며 친구의 몸 위로 가로질러 쓰러졌다.

독일인은 새로운 명령을 내렸다.

그의 부하들은 흩어졌다가 밧줄과 돌을 가지고 돌아와 두 시체의 발을 묶은 다음 강둑으로 운반했다.

이제 연기로 머리치장을 한 몽발레리앙 산은 포효를 멈추지 않았다.

두 명의 병사가 모리소의 머리와 발을 들었다. 다른 두 병사도 같은 방법으로 소바주 씨를 들었다. 잠시 동안 힘차게 좌우로 흔들린 주검은 저 멀리 던져졌고, 돌에 묶인 발부터 곡선을 그리며 똑바로 강물 속으로 잠겼다.

물이 다시 튀어 올라 거품을 내면서 전율하다가 곧 잔잔해졌다. 작은 파도가 강기슭까지 밀려들었다.

물 위로 피가 조금 드러났다.

"이제는 물고기들이 신날 차례군."

여전히 침착한 장교가 조금 낮은 목소리로 말했다.

그리고 그는 집으로 향했다.

순간 그의 눈에 풀밭 위에 놓인 모샘치 어망이 들어왔다. 그는 그것을 집어 살펴보고는 미소를 지으며 소리쳤다.

"빌헬름!"

흰 앞치마를 두른 한 병사가 뛰어왔다. 프러시아인은 총살당한 두 사람이 잡은 고기를 던지며 명령을 내렸다.

"지금 당장, 아직 살아 있는 동안에 이 작은 고기들을 튀겨 오게. 맛있을 거야."

그리고 그는 다시 파이프 담배를 피우기 시작했다.

고해성사

마르그리트 드 테렐은 죽어가고 있었다. 쉰여섯의 나이였지만, 그녀는 적어도 일흔다섯 살처럼 보였다. 하얀 침대보보다 더 창백한 얼굴로 심한 오한에 떨며 숨을 헐떡이고 있는 그녀는 마치 끔찍한 것을 보기라도 한 듯 살벌한 눈매를 하고는 얼굴에 경련 증세를 보이고 있었다.

여섯 살 위인 그녀의 언니 수잔은 침대 옆에서 무릎을 꿇은 채 흐느껴 울고 있었고, 죽음이 임박한 잠자리 가까이에 놓인 작은 탁자를 덮은 보 위에는 두 개의 촛불이

타고 있었다. 병자성사와 마지막 영성체를 해
줄 신부님을 기다리고 있었던 것이다.

집 안에는 죽어가는 사람의 방이 으레 자아
내는 음침한 분위기와 절망적인 이별의 기운이 감
돌고 있었다. 가구 위로 약병들이 굴러다녔고, 발이나 빗
자루로 밀어놓은 옷가지가 집안 구석구석 흩어져 있었
다. 의자들은 온 사방으로 뛰어다닌 양 정돈되지 않은 것
이, 마치 얼이 빠진 것처럼 보였다. 감추어져 있던 그 무
서운 죽음이 여기서 기다리고 있었다.

두 자매의 이야기는 사람들로 하여금 동
정심을 불러일으켰다. 먼 곳에서도 그녀
들의 이야기는 언급되었고, 많은 사람이 눈
시울을 적셨다.

언니인 수잔은 예전에 한 젊은 남자로부터 열정적인
사랑을 받았고 그녀 또한 그를 사랑했다. 그들은 약혼을
하고 결혼식 날짜만을 기다리고 있었는데, 어느 날 갑자
기 앙리 드 상피에르가 죽어버렸다.

젊은 처녀의 절망은 차마 눈 뜨고 볼 수 없을 정도였
다. 그녀는 절대로 다른 남자와 결혼을 하지 않으리라 맹
세했고, 그 약속을 지켰다. 그녀는 끝까지 상복을 벗지

않았다.

그러던 어느 날 아침, 아직 열두 살이던 그녀의 어린 여동생인 마르그리트가 언니의 품에 안기며 말했다.

"언니, 난 언니가 불행해지는 걸 원치 않아. 언니가 평생을 울면서 사는 것도 바라지 않아. 난 언니 곁을 절대로 떠나지 않을 거야. 절대로, 절대로! 나도 언니처럼 결혼하지 않을래. 언니 곁에 남아 있을래. 언제까지나, 언제까지나, 언제까지나 말이야."

수잔은 동생의 헌신적인 말에 감동되어 그녀를 꼭 안아주었지만, 그 말을 믿지는 않았다.

하지만 어린 동생 또한 그 약속을 지켰다. 부모님의 간청과 언니의 애원에도 불구하고 그녀는 결혼을 하지 않았다. 동생은 정말 예쁘고도 예뻤다. 그녀는 자기를 사랑하는 여러 명의 젊은 청년의 청혼을 적절하게 거절하면서 언니 곁을 떠나지 않았다.

단 한 번도 헤어지지 않고, 두 자매는 언제나 함께 살았다. 그녀들은 떼어놓을 수 없을 만큼 하나가 되어 나란히 붙어 다녔다. 그러나 마르그리트는 마치 그녀의 숭고한 헌신이 그녀를 부서뜨린 것처럼 언제나 슬퍼 보였고,

무엇인가에 짓눌려 있었고, 언니보다도 더 우울해 보였다. 그녀는 언니보다 더 빨리 늙어갔다. 서른 살이 되자 흰머리가 생겼으며, 그녀를 갉아먹는 이름 모를 병을 얻은 것처럼 자주 아팠다.

그렇게 그녀는 지금 언니보다 먼저 죽어가고 있었다.

스물네 시간 전부터 그녀는 아무 말도 하지 않았다. 새벽녘 여명이 밝아오자 겨우 한마디만 했을 뿐이다.

"가서 신부님을 모셔 와줘. 때가 됐어."

그러고 나서 그녀는 몸을 떨면서 그대로 누워 있었다. 가슴속에서 밖으로 표현하지 못하는 끔찍한 말이 튀어올라오는 것처럼 입술이 부들거렸다. 공포에 질린 눈빛은 보기에도 처참했다.

고통으로 짓이겨진 언니는 침대 가장자리에서 고개를 숙인 채 정신없이 울면서 반복하여 말했다.

"마르고, 우리 불쌍한 마르고. 꼬마야!"

언니는 동생을 항상 '꼬마'라고 불렀으며, 동생은 언니를 언제나 '큰언니'라고 불렀다.

계단에서 발자국 소리가 들려왔다. 문이 열렸다. 어린 복사의 뒤를 이어 중백의를 입은 늙은 신부가 모습을 드러냈다. 죽어가는 동생은 신부를 보자마자 벌떡 일어나

앉았다. 그녀는 입을 열어 두세 마디를 더듬거리고는 마치 구멍이라도 내려는 듯이 손톱으로 침대보를 긁어대기 시작했다.

시몽 신부가 다가가 그녀의 손을 잡고 이마에 입을 맞춘 후 부드러운 목소리로 말했다.

"자매님, 하느님은 당신을 용서하십니다. 용기를 가지세요. 이제 때가 되었습니다. 말씀하세요."

그러자 마르그리트는 머리끝부터 발끝까지 바들바들 떨면서 신경질적인 몸짓으로 침대를 뒤흔들었다. 그녀가 더듬거리며 말했다.

"큰언니, 앉아서 들어줘."

신부는 아직까지 침대 밑에 쓰러져 있는 수잔 쪽으로 몸을 숙여 그녀를 일으켜 세운 뒤 안락의자에 앉혔다. 그리고 두 자매의 손을 양손으로 각각 잡고는 말했다.

"주여, 하느님! 이들에게 힘을 주소서. 이들에게 자비를 베푸소서."

그러자 마르그리트가 쉰 소리로 말을 하기 시작했다. 쇠약해진 그녀처럼 한 마디 한 마디 천천히 박자를 맞춰가며 그녀의 목구멍에서 단어들이 쏟아져 나왔다.

"미안해. 미안해, 큰언니. 나를 용서해줘! 아! 평생 이 순간을 내가 얼마나 두려워했는지 언니는 모를 거야……!"

수잔이 눈물을 흘리며 더듬거렸다.

"꼬마야, 무엇을 용서해달라는 거니? 너는 내게 모든 것을 다 주고, 모든 것을 희생했어. 너는 천사야."

그러자 마르그리트가 말을 막았다.

"그만, 그만 해! 내 말을 들어봐…… 끊지 말고……. 끔 찍한 일이야……. 모든 것을 애기해줄게……. 끝까지, 움 직이지 말고…… 들어줘……. 기억나……? 기억날 거 야…… 앙리……."

수잔은 소스라치게 놀라며 동생을 바라보았다. 동생이 다시 말을 이었다.

"이해를 하려면 끝까지 다 들어야 해. 나는 열두 살, 겨 우 열두 살이었어. 언니, 다 기억나지, 그렇지? 나는 응 석받이였지. 내가 하고 싶은 것은 무엇이든 다 했어……! 사람들이 나를 얼마나 귀여워했는지 언니는 다 기억하 지……? 들어봐……. 그가 처음으로 우리 집에 왔을 때 칠피 장화를 신고 있었어. 현관 계단 앞에서 그 사람이 말에서 내렸지. 그리고 자기 옷차림에 대해 사과를 했어.

아빠에게 소식을 전하러 왔다면서 말이야. 언니도 기억
나지, 그렇지……? 아무 말 말고…… 들어줘. 그때 나는
그를 보고 꼼짝도 할 수가 없었어. 그는 너무 잘생겼거
든. 그가 말하는 동안 나는 거실 구석에서 그렇게 선 채
로 있었지. 아이들은 참 특이하면서도…… 무시무시한
데가 있는 것 같아…… 아! 그래……. 내가 그걸 얼마나
꿈꾸어 왔는지! 그가 다시 왔어…… 몇 번이나……. 나는
나의 두 눈과 나의 온 영혼으로 그를 바라봤지……. 나이
에 비해 나는 성숙한 편이었어……. 사람들이 생각하는
것보다 훨씬 영악했지. 그는 더 자주 찾아왔고, 나는 그
만을 생각했어. 아주 낮은 소리로 그의 이름을 불러보기
도 했지. '앙리…… 앙리 드 상피에르!' 얼마 후, 그가 언
니와 결혼할 거라고 사람들이 말했어. 정말 슬펐어…….
아! 큰언니…… 슬펐어…… 슬펐다고! 잠도 안 자고 사흘
밤을 내내 울었지. 그는 매일같이 찾아왔어, 점심을 먹고
난 오후에……. 언니도 기억나지, 그렇지? 아무 말도 하
지 마……. 그냥 들어줘. 언니는 그가 좋아하는 과자를
만들었지. 밀가루, 버터, 우유를 가지고……. 아! 어떻게
만드는지 나는 잘 알아. 필요하다면 지금이라도 만들 수
있어. 그는 과자를 한입에 넣고 포도주 한 잔을 마셨

어……. 그리고 '정말 맛있군요'라고 말했지. 그 사람이 어떤 식으로 그 말을 했는지 언니도 기억하지? 나는 질투가 났어. 질투……! 언니의 결혼식이 다가왔지. 15일밖에 남지 않았었어. 나는 미쳐버릴 것만 같았어. 혼잣말로 '그는 언니랑 결혼하지 않을 거야, 절대로. 그건 내가 원하는 게 아니야! 이 다음에 커서 내가 그와 결혼할 거야. 그 사람만큼 사랑하는 사람은 절대로 만나지 못할 테니까'라고 중얼거렸지……. 결혼식을 열흘 앞둔 어느 날 저녁, 언니는 그와 함께 성 앞을 산책하고 있었어. 달빛 아래서……. 그리고 그곳…… 전나무 아래서, 그 커다란 전나무 아래서…… 그가 언니에게 키스를 했지……. 키스를……. 언니를 두 팔로 안은 채…… 아주 오랫동안……. 언니도 기억나지, 그렇지? 아마도 그때가 처음이었을 거야……. 그래……. 언니가 거실로 들어왔을 때 언니 얼굴이 너무도 창백했으니까! 나는 다 지켜봤어. 덤불 안에 있었거든. 난 분노에 차 있었지! 할 수만 있었다면 두 사람 다 죽여버렸을 거야! '그는 언니와 결혼할 수 없어, 절대로! 그는 그 누구와도 결혼하지 않을 거야. 그럼 내가 너무 불행해지잖아……'하고 난 생각했지. 그러다가 순간 무섭도록 그를 증오하기 시작했어. 그래서 내가 어떻게 했는지 알아? 들어봐. 예전에 정원사가 길 잃은 개들을 죽이려고 동그란 고깃덩어리를 만드는 걸 봤어. 돌로 병을 깬 다음, 고깃덩어리 속에 부서진 병 조각을 넣었지. 나는 엄마 방에서 조그마한 약병을 꺼내서 그걸 망치로 빻았어. 그런 다음 호주머니 속에 그 유리 가루를 감추었지. 가루가 반짝반짝 빛났어. 그 다음 날 언니가 과자를 막 만들어놓았을 때, 나는 칼로 그 과자에 홈을 내 유리 가루를 집어넣었어…… 그는 과자를 세 개 먹었지……. 나도 하나 먹었고…… 여섯 개는 연못에 던져버렸어. 사흘 후에 백조 두 마리가 죽었던 거…… 기억나지? 아! 아무 말도 말아줘……. 그냥 듣기만, 듣기만 해줘……. 나 혼자만 죽지 않았지. 그렇지만 나는 항상 아팠어. 언니…… 그는 죽었어…… 언니도 알다시피……. 이건 아무것도 아니야……. 그 후로…… 항상…… 가장 끔찍한 것은 그 다음이지, 들어봐……. 내 인생, 내 모든 인생이…… 얼마나 큰 고문이었던지! 나는 다짐했어. 언니 곁을 결코 떠나지 않을 거라고, 죽는 순간에 모든 것을 얘기할 거라고……. 그래. 그 이후로 나는 항상 이 순간을, 모든 것을 언니에게 말해야 하는 이 순간을 생각해왔어. 지금이 그때야……. 끔찍하지……. 아……! 큰언니! 아침, 저녁, 낮과 밤을 가리지 않고 항상 그 생각을 했어. 이 얘기를 언니에게 꼭 해야 한다고. 나는 기다렸어. 가혹한 형벌이었지……! 이젠 끝났어……. 아무 말도 하지 마……. 지금은 너무 무서워……. 너무 무서워……. 아! 정말 무서워! 죽고 나서 그를 다시 보게 된다면…… 다시 보게 된다면…… 언니, 상상이 가? 언니보다 먼저……! 그를 만날 엄두가 나지 않지만…… 만나야 하겠지……. 난 곧 죽을 테니까……. 언니가 나를 용서해주기를 바라. 소원이야……. 언니 용서 없이는 그 앞에 갈 수가 없어. 아! 신부님, 언니에게 저를 용서하라고 말씀해 주세요. 그렇게 얘기해주세요……. 부탁이에요. 용서 없이 저는 죽을 수가 없어요……."

그녀는 말을 멈추고 숨을 헐떡거리면서 메마른 손톱으로 계속 침대보를 긁었다.

수잔은 두 손으로 얼굴을 가린 채 움직이지 않고 있었다. 그녀는 오래도록 사랑했을 그 사람을 생각하고 있었다! 그들은 얼마나 행복한 삶을 살 수 있었을까! 그녀는 오래전에 사라진 그를, 결코 지워지지 않는 과거 속의 그를 다시 보고 있었다. 죽어버린 소중한 사람이여! 그는 얼마나 당신의 가슴을 갈가리 찢어놓는지! 아! 그 입맞춤, 그 단 한 번의 입맞춤! 그녀는 그것을 영혼 속에 간직해두고 있었다. 그것 외에는 아무것도, 그녀의 인생에는 아무것도 없었다!

갑자기 신부가 일어서더니 힘차게 울리는 목소리로 외쳤다.

"수잔 씨, 동생 분이 곧 임종하실 것 같습니다!"

그러자 수잔은 얼굴에서 손을 떼고 눈물에 젖은 얼굴로 동생에게 재빠르게 다가서더니, 온 힘을 다해 그녀에게 입을 맞추고는 더듬거리며 말했다.

"용서해줄게. 용서할게, 꼬마야……."

여인 고치는 의자

베르트랑 후작의 저택에서 사냥 개시 만찬이 끝날 무렵이었다. 열한 명의 사냥꾼과 여덟 명의 젊은 부인, 그리고 그 지방 담당 의사가 조명 아래 과일과 꽃으로 덮인 커다란 식탁에 둘러앉아 있었다.

이야기가 사랑이란 주제에 이르자 진정한 사랑은 단 한 번뿐인지, 몇 번이고 경험할 수 있는 것인지 이 영원한 논쟁거리의 해답을 얻기 위해 활기찬 토론이 벌어졌다. 진실된 사랑을 단 한 번 밖에 하지 않은 사람들의 실례가 인용되었고, 매번 열렬하게 사랑한 사람들의 실례도 거론됐다. 일반적으로 남자들은 질병 같은 열정은 한 인간을 여러 번 앓게 할 수도 있으며, 만약 그 앞에 방해물이 생기면 죽을 만큼 앓게 되는 수도 있다고 주장했다. 이런 관점에는 반박할 여지가 없었다. 그러나 관찰에 근거하기보다는 시적인 감성에 근거해 견해를 제시하는 여자들은 사랑이란, 진정한 사랑이란, 위대한 사랑이란 인간에게 단 한 번밖에 주어지지 않으며, 그것은 벼락과도 같아 이 사랑에 맞으면 마음은 불타버린 상태로 머물러 있기 때문에 너무도 공허하고 황폐해져 그 어떤 강렬한 감정도, 그 어떤 꿈도 새롭게 싹틀 수 없다고 단언했다.

여러 번 사랑을 해본 후작은 이러한 확신을 맹렬히 공격했다.

"내가 말하겠소. 나는 사람들이 몇 번이고 온 힘과 온 마음을 다 바쳐 사랑할 수 있다고 생각하오. 여러분은 두 번째 열정은 불가능하다는 증거로 사랑 때문에 죽은 사람들의 예를 들었소. 내가 여러분께 대답하건대 만약 그들이 다시 사랑할 수 있는 모든 가능성을 제거해버리는 자살이라는 어리석은 실수를 하지 않았다면, 그들은 치유되었을 것이고 죽을 때까지 또 다른 사랑을 몇 번이고 다시 시작했을 것이오. 사랑에 빠진 사람이란 술꾼과도 같소. 술은 마셔본 사람이 또 마시고, 사랑은 해본 사람이 또 하는 것이오. 이건 사람의 기질 문제요."

사람들은 은퇴하여 시골로 온 파리 출신의 늙은 의사에게 중재를 부탁하며 그의 견해를 물었다.

공교롭게도 그에게는 아무런 의견이 없었다.

"후작께서 말씀하신 것처럼 이건 사람의 기질과 관계된 문제입니다. 제가 알고 있는 사연을 말씀드리자면 죽음으로써만 끝날 수 있었던, 하루도 쉬지 않고 55년간 열정이 계속됐던 이야기가 있습니다."

후작 부인이 박수를 쳤다.

"얼마나 아름다운가요! 그토록 사랑을 받는다는 것은 얼마나 꿈같은가요! 가슴속까지 파고드는 강렬한 애정에 싸여 55년간의 삶을 살았다는 것은 얼마나 큰 행복인가요! 그 남자는 얼마나 행복했으며, 그처럼 사랑을 받은 그의 인생은 얼마나 축복받은 것인지요!"

의사가 미소를 지었다.

"부인, 사랑받은 사람이 남자였다고 말씀하셨는데, 맞습니다. 부인도 아시는 이 동네의 약제사인 슈케 씨입니다. 그리고 여인은 부인께서 역시 잘 알고 계시는, 해마다 성에 와서 의자를 고치는 늙은 여인입니다. 제 이야기를 더 잘 이해하실 수 있도록 설명하겠습니다."

여자들의 열광은 사그라졌다. 마치 사랑은 세련되고 신분이 남다르며 사람들의 관심을 끌 수 있는 그런 훌륭한 사람에게만 오는 것처럼, 그녀들의 얼굴이 반발심으로 "쳇!" 하는 표정을 짓고 있었다.

의사가 다시 말을 이었다.

석 달 전 임종에 가까운 그 늙은 여인의 집에 불려 갔었지요. 그녀는 바로 전날 여러분도 보신 적이 있는 늙은 말이 이끄는 마차를 타고 이곳에 도착했습니다. 그녀가 집으로 사용하던 그 마차 곁에는 그녀의 친구이자 수호자인 검고 큰 두 마리의 개가 함께 있었지요. 신부는 벌써 그녀의 집에 와 있더군요. 그녀는 우리를 유언 집행인으로 여겨 자신의 마지막 의지를 알리기 위해 우리에게 자기의 모든 삶을 얘기해주었습니다. 저는 그보다 더 기이하고 가슴 아픈 이야기를 들어본 적이 없답니다.

그녀의 부모는 의자를 고치는 사람이었습니다. 그녀는 단 한 번도 땅 위에 자리 잡은 숙소에 살아본 적이 없었지요.

아주 어렸을 때 그녀는 이가 들끓는 누더기를 입은 채

지저분한 모습으로 돌아다니곤 했습니다. 마을 입구나 도랑 가에 멈춰 마차의 수레를 풀면 말은 풀을 뜯어 먹고, 개는 제 다리에 주둥이를 올려놓고 잠을 잤으며, 아버지와 어머니는 길가의 느릅나무 그늘에서 마을의 낡은 의자들을 수리했지요. 그러는 동안 어린 그녀는 풀밭에서 몸을 뒹굴었답니다. 그 움직이는 집에서 그들은 말을 거의 하지 않았어요. 단지 집집마다 돌아다니며 "의자 고쳐요"라는 귀에 익은 소리를 지를 사람을 결정하기 위해 필요한 몇 마디만을 주고받았을 뿐이지요. 그런 후에 그들은 마주 앉거나 나란히 앉아 짚을 엮기 시작했습니다. 어린 그녀가 너무 멀리 나가거나 혹은 동네의 몇몇 개구쟁이와 사귀려고 할 때면 "너, 이리로 안 올래, 망나니 같은 것!" 하고 아버지의 성난 목소리가 그녀를 부르곤 했지요. 그것은 그녀가 듣는 유일한 애정의 말이었답니다.

그녀가 좀 더 자라자 부모는 망가진 의자를 모아 오라고 그녀를 내보냈습니다. 그러면 그녀는 이곳저곳에서 몇몇 아이와 친구가 되려고 말을 걸곤 했지요. 하지만 이번에는 새 친구들의 부모들이 "이 장난꾸러기 녀석, 얼른 오지 못해! 거지하고 이야기를 하고 있다니!"라며 사납게 불러댔어요.

그녀에게 돌멩이를 던지는 녀석들도 종종 있었지요.

부인들이 그녀에게 몇 푼의 돈을 쥐여주면 그녀는 그것을 소중하게 간직했습니다.

어느 날—그녀가 열한 살이었을 때지요—그녀는 이 지방을 지나가다 묘지 뒤에서 친구에게 두 리아르*를 빼앗겨 울고 있는 어린 슈케를 만났습니다. 제대로 배우지 못한 어린 그녀는 부잣집 아이들이란 언제나 모든 게 만족스럽고 즐거울 거라고 상상했기에 이 소년의 눈물은 그녀를 뒤흔들어놓았지요. 그녀는 다가가 소년이 우는 이유를 듣고, 자신이 절약하여 모은 7수를 모두 소년의 손에 쥐여주었습니다. 소년은 눈물을 닦으며 자연스럽게 그것을 받았어요. 그러자 그녀는 너무나도 기쁜 나머지 대담하게도 소년에게 키스를 했습니다. 소년은 동전을 주의 깊게 살펴보느라 그녀를 그대로 내버려 두었지요. 소년이 자기를 밀치지도 않고 때리지도 않자 그녀는 또다시 키스를 했습니다. 그녀는 두 팔로, 마음으로 그를 껴

───────

■ 옛 구리 동전, '수'의 4분 1 정도의 값어치.

안았습니다. 그리고 그곳을 떠났지요.

이 가련한 소녀의 머릿속에서 무슨 일이 벌어졌을까요? 떠돌이의 모든 재산을 다 주었기 때문에, 혹은 부드러운 첫 키스를 그에게 던졌기 때문에 그녀는 이 소년에게 애착을 갖게 된 걸까요? 풀리지 않는 해답은 어른들에게나 아이들에게나 마찬가지겠지요.

몇 달 동안 그녀는 묘지의 그곳과 소년의 꿈을 꾸었습니다. 소년을 다시 만나기를 기대하면서 그녀는 의자를 고치고 받은 돈에서, 생필품을 살 돈에서, 또 부모의 주머니에서 한 푼씩 긁어모았습니다.

그녀가 마을에 다시 돌아왔을 때 그녀의 호주머니 속에는 2프랑이 들어 있었습니다. 하지만 그녀는 그 깔끔한 약사 소년을 소년의 아버지가 운영하는 가게 창문 너머, 붉은 병과 촌충 표본 사이로밖에 볼 수 없었지요.

염색된 물의 영광과 반짝이는 크리스털의 예찬으로 매혹과 감동과 황홀에 빠진 그녀는 그를 더욱더 사랑하게 되었습니다.

그녀는 가슴속에 잊지 못할 추억을 간직하게 된 것이지요. 그리고 다음 해, 그녀가 학교 뒤편에서 친구들과 구슬치기를 하고 있는 소년을 다시 만났을 때, 그녀는 그에게 달려들어 두 팔로 꽉 껴안으며 격렬하게 키스를 했고, 그는 두려움에 울음을 터뜨렸습니다. 그러자 그녀는 그를 달래기 위해 진짜 보물과도 같은 돈을 건네주었고, 그는 놀란 눈으로 그것을 바라보았습니다. 그는 돈을 움켜쥐고, 그녀가 원하는 만큼 자신을 만지도록 내버려 두었습니다.

4년 동안이나 그녀는 모아둔 모든 것을 소년의 손에 쥐여주었고, 소년은 키스를 허락한 대신 거리낌 없이 돈을 호주머니 속에 넣었습니다. 한 번은 30수, 한 번은 2프랑, 한 번은 겨우 12수―이때는 슬프고 부끄러워서 눈물을 머금었지만, 그해에는 벌이가 시원찮았지요―그리고 마지막으로 두툼하고 동그란 동전, 5프랑을 주자 소년은 기쁜 미소를 띠었습니다.

그녀는 그밖에 생각하지 않았습니다. 소년은 그녀가 돌아오기만을 초조하게 기다리다가 그녀를 보면 마중하러 달려 나왔는데, 이는 어린 소녀의 가슴을 뛰게 만들었습니다.

그 후, 그는 사라졌습니다. 중학교에 들어간 것이지요. 그녀는 교묘하게 질문을 던짐으로써 그 사실을 알아냈습니다. 그리하여 그녀는 부모가 여정을 바꾸도록 갖

은 수단을 써 방학 기간에 이곳을 다시 찾아오게끔 만들었습니다. 1년간의 술책 끝의 성공이었지요. 그러니 그녀는 2년 동안 소년을 보지 못하고 지낸 셈이었습니다. 금 단추가 달린 학생 제복을 입은 그는 그만큼 변해 있었고, 어른스러워졌으며, 멋있었습니다. 그는 그녀를 못 본 척하고 거만하게 그녀 곁을 지나갔습니다.

그녀는 이틀 동안이나 울었습니다. 그리고 그때부터 끊임없이 고통스러워했습니다. 그녀는 매년 그곳으로 돌아왔지만, 그에게 인사할 엄두도 내지 못하고 그 앞을 지나갔습니다. 그는 그녀에게 눈길조차 돌리지 않았지요. 그녀는 미친 듯이 그를 사랑했습니다. 그녀가 제게 말했지요. "의사 선생님, 그는 제가 이 세상에서 본 단 한 명의 남자예요. 저는 다른 사람이 존재하는지조차도 모릅니다"라고요.

그녀의 부모가 죽은 뒤, 그녀는 부모의 일을 이어갔습니다. 개는 한 마리에서 두 마리로 늘었는데, 아무도 건드릴 수 없을 정도로 무서운 개였습니다.

어느 날 그녀는 마음이 남아 있는 이 마을에 들어서다가 슈케 상점에서 자신이 사랑하는 사람의 팔짱을 끼고 나오는 한 젊은 여인을 보게 되었습니다. 그 여인은 그의 부인이었습니다. 그가 결혼을 한 것입니다.

그날 밤 그녀는 시청 광장에 있는 연못에 몸을 던졌습니다. 밤늦게 귀가하던 술꾼이 그녀를 건져 약국으로 데리고 갔지요. 슈케가 잠옷을 입은 채로 그녀를 회복시키기 위해 내려왔습니다. 그는 알은체도 하지 않고 그녀의 옷을 벗겨 몸을 문질러주고는 굳은 목소리로 말했습니다.

"아니, 당신 미쳤소? 이런 바보 같은 짓을 하다니!"

그녀를 회복시키는 데는 그것으로 충분했습니다. 그가 그녀에게 말을 건넨 겁니다! 오랫동안 그녀는 행복했습니다.

그녀는 돈을 지불하려고 완강하게 고집을 부렸지만, 그는 치료비 받는 것을 원치 않았습니다.

그렇게 그녀의 삶은 흘러갔습니다. 그녀는 슈케를 생각하며 의자를 고쳤습니다. 그리고 해마다 가게 유리창 너머로 그를 바라보았습니다. 그곳에서 자질구레한 구급약을 사는 버릇도 갖게 되었지요. 그러면서 그녀는 그를 가까이 볼 수 있었고, 그에게 말을 건넬 수 있었으며, 돈을 줄 수 있었습니다.

제가 여러분께 처음에 말씀드린 것처럼 그녀는 올봄에 죽었습니다. 그녀는 이 슬픈 이야기를 털어놓은 후, 한평생 모아온 모든 돈을 자신이 그토록 열렬히 사랑했던 그 사람에게 전해달라고 제게 부탁했습니다. 그녀는 자기가 죽었을 때, 그가 적어도 한 번쯤은 자기를 생각할 것이라는 확신이 있었기 때문에 그 누구도 아닌 오로지 그 사람만을 위해서 일해왔고, 끼니를 거르면서까지 돈을 모았다는 것이었습니다.

그리고 그녀는 저에게 2,327프랑을 주었습니다. 저는 신부에게 장례비로 27프랑을 건네주고, 나머지는 그녀가 숨을 거두었을 때 가지고 나왔습니다.

다음 날 저는 슈케 씨 집을 방문했습니다. 뚱뚱하고 혈색 좋은 그들 부부가 약 냄새를 풍기며 만족스러운 듯이 거만하게 서로 마주 앉아 점심 식사를 마친 후였습니다.

그들은 저에게 자리를 권하고 체리주 한 잔을 주었습니다. 저는 그것을 받아 마시고는 그들이 눈물을 흘릴 거라고 믿으며 감동이 담긴 목소리로 이야기를 시작했지요.

그 의자 고치는 떠돌이 여인으로부터 사랑받고 있었다는 것을 알게 된 슈케는 자신의 명성과 점잖은 사람들로부터의 존중과 생명보다 소중하고 고귀한 그 무엇인가를 마치 그녀가 훔쳐 가기라도 한 듯 분개하여 펄쩍 뛰었습니다.

남편만큼이나 흥분한 부인은 다른 말을 찾지 못하고 "그 거지가! 그 거지가! 그 거지가!"라고 반복하여 말했지요.

　　슈케는 자리에서 일어나 한쪽 귀 위로 회색 모자를 뒤집어쓴 채 탁자 뒤에서 서성거리다가 더듬거리며 말했습니다.

　　"의사 선생님, 이해하실 수 있겠습니까? 한 남자로서 이처럼 끔찍한 일이 어디 있겠습니까! 어떻게 하면 좋을까요? 아! 그 여자가 살아 있을 때 알았더라면 경찰을 불러 그녀를 체포시키고 감옥에 집어넣었을 겁니다. 그러면 그녀는 절대로 감옥에서 나오지 못했겠죠, 틀림없습니다!"

　　좋은 뜻으로 시작한 일이 뜻밖의 결과로 나타나 저는 놀랐습니다. 무슨 말을 해야 할지, 무엇을 해야 할지 몰랐습니다. 하지만 아직 저의 임무는 남아 있었습니다. 제가 말했습니다.

　　"그녀가 저축한 돈 2천3백 프랑을 당신에게 건네주라고 제게 맡겼습니다. 제가 당신에게 알려준 소식 때문에 기분이 무척 상하신 것 같은데, 그러면 이 돈은 가난한 사람들에게 나누어주는 것이 최선의 방법일 것 같군요."

남편과 부인은 놀라 꼼짝도 하지 않고 저를 바라보았습니다.

저는 금화와 동전이 섞인 갖가지 모양의 돈을, 이 나라 곳곳에서 비참하게 거둬들인 그 돈을 주머니 속에서 꺼냈습니다. 그러고는 "어떻게 결정하시겠습니까?"라고 물었습니다.

"글쎄요, 그녀의 마지막 유언이라니…… 거절하기가 힘들겠네요."

슈케 부인이 먼저 말했습니다.

남편은 약간 혼돈스러워하며 말을 이었습니다.

"이 돈으로 우리 아이들을 위해 무언가 살 수 있을 것 같군요."

저는 퉁명스럽게 말했습니다.

"원하시는 대로 하시죠."

그가 다시 말을 받았습니다.

"그녀가 당신에게 부탁한 일이니, 일단 주시지요. 우리가 좋은 일에 쓸 방도를 모색해보겠습니다."

저는 그 돈을 건네주고 인사를 한 다음 그 집에서 나왔습니다.

이튿날 슈케가 저를 찾아와서는 불현듯 물었습니다.

"그, 그 여자가 여기에 자기 마차를 놔두었네요. 이 마차를 어떻게 하실 생각이십니까?"

"글쎄요. 원하신다면 가져가세요."

"잘됐네요, 필요하던 참이었는데. 제 채소밭의 오두막으로 쓰려고요."

그가 돌아서서 나갔습니다. 저는 그를 다시 불러 물었지요.

"늙은 말과 개 두 마리도 남겼는데, 그것도 가져가시겠습니까?"

그가 놀라 멈춰 섰습니다.

"아! 아니요. 그걸 가지고 제가 무얼 하겠습니까? 알아서 처분하세요."

그는 그렇게 대답하고 웃었습니다. 그리고 제게 악수를 청했습니다.

어쩌겠습니까? 한 지방에서 의사와 약사가 적이 되어서는 안 되겠지요.

개들은 저희 집에서 기르고 있습니다. 말은 넓은 정원이 있는 신부가 맡았고요. 마차는 슈케가 오두막으로 사용하고 있고, 돈으로는 철도 채권 다섯 주를 샀다더군요.

이것이 제가 살아오는 동안 접한 유일하고도 깊은 사랑입니다.

의사가 말을 멈추었다.

그러자 눈가에 눈물을 글썽거리며 후작 부인이 한숨을 섞어 말했다.

"정말이지, 사랑을 할 줄 아는 사람은 여자들뿐이네요!"

여
로

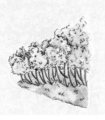

열차는 칸에서부터 만원이었다. 서로를 알게 된 승객들이 수다를 떨고 있었다. 타라스콩을 지날 때 한 사람이 말했다.

"여기서 살인 사건이 일어났어요."

그러자 사람들은 2년 전부터 가끔씩 여행객의 목숨을 앗아가는 수수께끼 같은 살인자에 대해 이야기하기 시작했다. 승객들은 제각기 추측을 해보며 자신의 의견을 피력했고, 여자들은 문 앞으로 웬 남자의 얼굴이 갑자기 나타날까 봐 두려움에 몸을 떨며 창문 너머로 어두운 밤을 바라보았다. 사람들은 악한을 만났던 이야기, 급행열차에서 미친 사람과 마주 앉았던 이야기, 수상한 사람 앞에서 몇 시간을 보내 무서웠던 이야기를 꺼내놓았다.

남자들은 각자가 자신의 위신을 세울 이야기를 가지고 있었는데, 저마다 갑작스러운 상황에서 정신을 똑바로 차리고 감탄할 만한 용기로 악한을 땅에 때려눕혀 목을 졸랐다고 했다. 매년 겨울을 남프랑스 지방에서 보내는 한 의사가 자기 차례가 돌아오자, 자신의 모험담을 이야기했다.

저는 그런 일로 제 용기를 시험해볼 기회를 한 번도 가져본 적이 없습니다. 하지만 이 세상에서 가장 기이하고도 신비로우며 가장 애절한 일을 겪은 한 여자를 알고 있습니다. 그녀는 제 환자 중의 한 사람이었는데 지금은 세상을 떠나고 없습니다.

그녀는 키가 아주 크고 보기 드물게 아름다운 러시아 여인, 마리 바라노브 백작 부인이었습니다. 여러분도 아시다시피 러시아 여인들은 매우 아름답지요. 오뚝한 코,

섬세한 입술, 뭐라 형용할 수 없는 푸른 회색빛의 서로 가깝게 자리한 눈, 약간은 거칠면서 쌀쌀한 자태, 이런 것은 적어도 우리 눈에는 아름답게 보입니다! 심술궂으면서도 매력적이고, 거만하면서도 부드럽고, 날카로우면서도 연약한 러시아 여성들은 프랑스 남자에게는 완벽하게 매혹적이지요. 사실, 단지 혈통과 생김새가 다르기 때문에 그 여인들에게서 이렇게 많은 것이 보이는 건지도 모르겠습니다.

그녀의 담당 의사는 몇 해 전부터 폐병으로 위독한 그 여인에게 프랑스 남부 지방에 가 있으라고 조언했습니다만, 그녀는 페테르부르크를 떠나지 않으려고 완강하게 거절했지요. 결국 작년 가을, 더 이상 손을 쓸 수 없을 만큼 병이 악화되자 의사는 그녀의 남편에게 이 사실을 알렸고, 남편은 곧 부인에게 망통으로 떠나라고 명령했습니다.

그녀는 기차 한 칸에 홀로 올라탔습니다. 하인들은 다른 칸을 차지했지요. 그녀는 조금 슬픈 듯이 시골의 정경과 마을이 스쳐 지나가는 것을 바라보았습니다. 가족은 거의 없는 것과 다름없고 자식도 없는 그녀에겐 병든 하인을 병원에 보내듯이 따라오지도 않을뿐더러 이처럼 세상 끝으로 자신을 던져버린, 사랑이 식은 남편만이 있었지요. 그녀는 버림받은 인생의 외로움을 느끼면서 문을 등지고 앉아 있었습니다.

열차 정거장마다 그녀의 하인인 이반이 혹시라도 자기 주인에게 필요한 것이 있는지 알아보러 왔습니다. 그는 그녀가 명령하는 것이라면 무엇이든 완수할 준비가 되어 있는 무조건적으로 충실한 늙은 하인이었습니다.

밤이 되었고, 열차는 전속력으로 달렸습니다. 그녀는 신경이 극도로 날카로워져 잠을 잘 수가 없었지요. 문득 떠나기 직전에 남편이 프랑스 금화로 자신에게 건네준 돈을 세어보고 싶은 생각이 들었습니다. 그녀는 자신의 작은 가방을 열어 반짝이는 화폐 뭉치를 무릎 위에 쏟아 놓았습니다.

그런데 갑자기 차가운 바람이 그녀의 얼굴에 휘몰아쳤습니다. 깜짝 놀라 그녀가 고개를 들었지요. 문이 열린 것이었습니다. 마리 백작 부인은 자신의 드레스 위에 널려 있는 돈 위로 황급히 숄을 던지고 기다렸습니다. 몇 초가 지나자 한 남자가 모자도 쓰지 않은 파티복 차림으로 나타났습니다. 손에는 상처를 입고 숨을 헐떡거렸습니다. 그는 문을 다시 닫고 자리에 앉더니 빛나는 눈빛으로 그녀를 바라보았습니다. 그러고는 피가 흐르는 손목을 손수건으로 싸맸습니다.

젊은 부인은 무서워 기절할 것만 같았습니다. 이 남자는 틀림없이 그녀가 금화를 세고 있는 것을 보고, 자신을 죽이고 돈을 훔치기 위해 온 것일 터였습니다.

당장이라도 그녀에게 뛰어들 듯 얼굴을 씰룩거리며 숨을 헐떡이는 그는 그녀에게서 시선을 떼지 않고 있었습니다.

그가 갑자기 말했습니다.

"부인, 두려워하지 마십시오!"

심장이 쿵쿵거리며 뛰고 귀가 윙윙거려 입을 열 수 없었던 그녀는 아무 대답도 하지 못했습니다.

그가 말을 이었지요.

"부인, 저는 나쁜 사람이 아닙니다."

그녀는 여전히 아무 말도 하지 못했지만, 무릎을 오므리려는 그녀의 갑작스런 움직임으로 인해 처마에서 물이 떨어지듯 금화가 바닥으로 떨어지기 시작했습니다.

놀란 남자는 돈 줄기를 바라보다가 그것을 줍기 위해 순간 몸을 굽혔지요.

그녀는 질겁해서 갖고 있던 모든 돈을 바닥에 떨어뜨

리면서 자리에서 일어났습니다. 그리고 밖으로 나가려고 쏜살같이 문 쪽으로 달려갔습니다. 그러나 그녀가 무엇을 하려는지 알아차린 그는 몸을 던져 그녀를 두 팔로 붙잡고 강제로 자리에 앉혔습니다. 그리고 그녀의 손목을 붙든 채 말했습니다.

"부인, 잘 들으세요. 저는 나쁜 사람이 아닙니다. 그 증명으로, 이 돈을 주운 후 부인에게 모두 돌려드리겠습니다. 하지만 부인께서 제가 국경을 통과할 수 있도록 도와주시지 않는다면, 저는 모든 것을 잃게 됩니다. 죽게 된단 말이죠. 더 자세히 얘기할 수는 없습니다. 한 시간 후면 러시아 국경 내 마지막 정거장에 도착할 것이고, 한 시간 20분 후면 이 제국의 국경선을 넘게 됩니다. 만약 부인이 저를 도와주시지 않는다면, 저는 살아날 가망이 없습니다. 부인, 저는 누구도 죽이지 않았고, 아무것도 훔치지 않았으며, 그 어떤 불명예스런 행동도 하지 않았습니다. 맹세합니다. 더 자세히 얘기할 수는 없군요."

그리고 그는 무릎을 꿇고 멀리 굴러 간 마지막 동전까지 찾기 위해 의자 밑을 뒤지며 금화를 주워 모았습니다. 그런 다음 작은 가죽 가방이 다시 돈으로 가득 차자 한마디 말도 덧붙이지 않은 채 부인에게 그것을 돌려준 후, 다른 한구석으로 돌아가 앉았습니다.

부인도 남자도 꼼짝하지 않았지요. 그녀는 여전히 두려움에 정신이 나가 아무 말 없이 가만히 앉아 있었지만, 조금씩 마음이 가라앉았습니다. 남자는 그 어떤 움직임도 없이 시선을 정면에 고정한 채 마치 죽은 사람처럼 창백한 얼굴로 똑바로 앉아 있었습니다. 때때로 그녀는 갑작스런 시선을 그에게 던졌다가 재빨리 고개를 돌렸습니다. 그는 아주 잘생기고 귀족 같은 외양을 가진 서른 살 정도 되어 보이는 남자였습니다.

기차는 날카로운 기적 소리를 던지며 한밤의 어둠 속을 달렸습니다. 때때로 속도를 줄이다가 다시 전속력으로 달리곤 했습니다. 그러다 갑자기 느려지더니 기적을 몇 번 울리면서 완전히 서버렸습니다.

명령을 받고자 이반이 열차 문 앞에 모습을 드러냈습니다.

마리 백작 부인은 마지막으로 그녀의 낯선 동행인을 생각하고 떨리는 목소리로 갑작스럽게 말했지요.

"이반, 다시 백작 곁으로 돌아가요. 이제는 이반이 필요하지 않아."

하인은 어이가 없어 눈을 크게 뜨고는 중얼거렸습니다.

"마님, 하지만……."

그녀가 대답했지요.

"됐어요. 이반까지 갈 필요는 없어. 생각이 바뀌었어. 이반은 러시아에 머물러요. 자, 여기 돌아갈 차비가 있어요. 이반의 모자와 외투는 내게 줘요."

주인의 뜬금없는 요구와 반항할 수 없는 변덕에 익숙한 늙은 하인은 언제나 아무 대답 없이 복종했었지요. 이번에도 그는 어리둥절해하면서도 모자를 벗고 외투를 건네주었습니다. 그리고 눈물을 흘리며 떠났습니다.

기차는 국경을 향해 다시 출발했어요.

마리 백작 부인이 동행인에게 말했습니다.

"이건 당신을 위한 거예요, 선생. 당신은 이제 내 하인 이반이 되는 거죠. 내가 이렇게 하는 데는 한 가지 조건이 있어요. 내게 아무 말도 하지 마세요, 그 어떤 말도. 감사하다거나 그 어떤 이유로든 말을 걸지 마세요."

낯선 남자는 대답 대신 고개를 끄덕였습니다.

곧 또다시 기차가 멈추었고, 제복을 입은 관리들이 기차 안으로 들어왔습니다. 백작 부인은 그들에게 신분증을 건네고는 열차 구석에 앉아 있는 남자를 가리키며 말했지요.

"저 사람은 내 하인인 이반이에요. 자, 여기 그의 여권이 있어요."

기차가 다시 움직이기 시작했습니다.

밤새도록 그들은 아무 말 없이 마주 앉아 있었습니다.

아침이 되자 기차는 독일의 한 정거장에 멈추었습니다. 그 낯선 남자는 기차에서 내린 후 문 앞에 서서 이렇게 말했지요.

"부인, 약속을 저버려서 미안하지만 저 때문에 당신의 하인이 돌아갔으니, 제가 그를 대신하는 것이 마땅한 것 같군요. 뭐 필요한 것이 없습니까?"

그녀가 쌀쌀하게 대답했습니다.

"가서 내 하녀를 불러주세요."

그는 하녀가 탄 열차 칸 쪽으로 사라졌습니다.

그녀는 식당에 들어섰을 때, 자기를 바라보고 있는 남자를 저 멀리에서 발견했습니다. 그들은 망통에 도착했습니다.

의사는 잠시 말을 끊었다가 다시 이었다.

　　　어느 날 진찰실에서 환자를 보고 있는데, 키가 큰 한 젊은이가 들어와서는 제게 이렇게 말하더군요.

"의사 선생님, 마리 바라노브 백작 부인의 소식을 물으러 왔습니다. 그녀는 저를 전혀 모르지만, 저는 그녀 남편의 친구입니다."

제가 대답했지요.

"그녀는 모든 희망을 잃었습니다. 러시아로 돌아가지 못할 겁니다."

그러자 그 남자가 갑자기 흐느껴 울기 시작했습니다. 그러고는 자리에서 일어나 술 취한 사람처럼 비틀거리며 떠났지요.

그날 저녁, 저는 백작 부인에게 어떤 낯선 사람이 찾아와 그녀의 건강에 대해 물었다고 말해주었습니다. 그녀는 감동한 듯했지요. 그리고 제가 여러분께 지금 말씀드린 이 모든 이야기를 제게 들려주었습니다. 그녀가 덧붙여 말했지요.

"제가 전혀 알지도 못하는 그 사람은 그때부터 그림자처럼 저를 따라다니지요. 제가 밖에 나갈 때마다 그를 보게 되거든요. 이상한 눈빛으로 저를 쳐다보지만, 저에게 말을 건 적은 한 번도 없어요."

그녀는 생각에 잠겼다가 다시 말을 덧붙였습니다.

"지금 그 사람은 분명 이 방 창문 아래 있을 거예요."

그녀는 긴 의자에서 일어나 커튼을 열고, 산책 길 벤치에 앉아서 저택 쪽으로 눈길을 주고 있는 한 남자를 가리켰습니다. 나를 찾아왔던 그 남자였지요. 그는 우리를 발견하자, 자리에서 일어나 한 번도 돌아보지 않고 다른 곳으로 떠났습니다.

결국 저는 놀랍고도 고통스러운 그것, 서로를 전혀 알지 못하는 두 인간의 말없는 사랑을 지켜보고 있었던 겁니다.

구원받은 짐승이 감사의 마음에서 죽음까지 바칠 각오로 헌신하듯 그 남자는 부인을 사랑했던 거지요. 그는 제가 그것을 알아차렸다는 것을 짐작하고 매일 저를 찾아와서 "부인은 어떻습니까?" 하고 물었습니다. 그러면서 나날이 약해지고 창백해져 가는 그녀를 지켜보며 고통스럽게 눈물을 흘렸지요.

그녀가 제게 말했습니다.

"그 이상한 남자와 얘기를 해본 적은 단 한 번밖에 없는데, 그를 20년 전부터 알고 있었던 것 같아요."

그들이 마주칠 때면, 부인은 우아하면서도 매력적인 미소로 인사를 보내곤 했습니다. 저는 그토록 버림받은, 인생이 끝났다는 것을 알고 있는 그녀가 행복해한다는 것을 느꼈지요. 존중과 변함없는 의지로, 과장된 서정시와도 같이 모든 것을 바치려는 헌신으로 그토록 사랑받고 있는 그녀는 행복해 보였습니다. 그럼에도 그녀는 자신의 신분에 맞는 행동을 고집하며 절망적인 심정으로 그의 이름도 알려고 하지도 않고, 그와 만나는 것도, 얘기하는 것도 거부했습니다.

그녀는 이렇게 말하곤 했지요.

"아니요, 싫어요. 그렇게 되면 이 기이한 우정을 망치고 말 거예요. 우리는 서로 모르고 지내야만 해요."

한편 그도 그녀 곁으로 다가서기 위해 아무 행동도 취하지 않은 것을 보면, 분명 돈키호테 같은 사람이었을 테지요. 그는 열차 안에서 어떤 얘기도 하지 않겠다고 맹세한 그 터무니없는 약속을 끝까지 지키려고 했습니다.

기력을 잃어가던 그 긴 시간 동안, 그녀는 종종 자신의 긴 의자에서 일어나 그 남자가 창문 밑에 있는지 알아보기 위해 커튼을 열곤 했습니다. 언제나 벤치에서 움직이지 않고 있는 그 남자를 보고 나면, 그녀는 입가에 미소를 띠우며 다시 자리에 돌아와 누웠지요.

그녀는 어느 날 아침 열 시경에 숨을 거두었습니다. 제가 저택에서 나오자 그 남자는 충격에 휩싸인 얼굴로 제게 다가오더군요. 그는 이미 알고 있었던 거지요.

"선생님이 계신 자리에서 그녀를 잠깐이라도 보고 싶습니다."

저는 그의 팔을 붙잡고 집으로 들어갔습니다.

죽은 이의 침대 앞에 서자 그는 그녀의 손을 잡고 그녀에게 끝없는 입맞춤을 해주었습니다. 그런 후 미친 사람처럼 자리를 떴습니다.

의사는 또 한 번 말을 멈추었다가 다시 이었다.

"자, 이것이 제가 알고 있는 철도 모험 중 가장 독특한 이야기입니다. 남자들이란 정신이 나간 신기한 사람들이라고 말씀드릴 수 있겠네요."

한 여인이 나직한 목소리로 중얼거렸다.

"그 두 사람은 선생님이 생각하시는 것만큼 미치지 않았어요⋯⋯. 그들은⋯⋯ 그들은⋯⋯."

눈물이 쏟아져 여인은 더 이상 말을 잇지 못했다. 여인을 진정시키기 위해 화제를 돌렸기 때문에 사람들은 여인이 하고 싶었던 말이 무엇인지 알 수가 없었다.

행복

등불을 밝히기 전, 차를 마실 시간이었다. 별장은 바다를 굽어보고 있었고, 태양은 저편으로 사라지면서 황금 가루를 날려 스쳐 지나간 하늘을 온통 장밋빛으로 물들여 놓았다. 날이 저물면서 잔물결조차 없이 살랑거리지도 않으며 매끈하게 빛을 발하는 지중해는 지나치게 반들거리는 금속판처럼 보였다.

멀리 오른편에는 톱니 모양의 산들이 창백한 자줏빛 석양 위로 검은 윤곽을 그리고 있었다.

사람들은 사랑을 얘기했고, 이 오래된 주제에 대해 토

론했으며, 이미 자주 언급되었던 이야기를 되풀이했다. 황혼의 감미로운 우수가 사람들의 어조를 느리게 만들었으며, 그들의 영혼에 연민의 감정을 불러일으켰고, 끊임없이 '사랑'이라는 단어를 반복하게 했다. 때로는 강한 남자의 목소리로, 때로는 경쾌한 여자의 목소리로 읊어진 '사랑'이라는 말은 작은 응접실을 가득 채우며 한 마리 새처럼 파닥파닥 날아다녔고, 하나의 영감으로 사람들을 꿈꾸게 만들었다.

여러 해 동안 지속적으로 사랑할 수 있을까?

"그럼요."

어떤 사람들이 주장했다.

"불가능합니다."

또 다른 이들이 단언하고 나섰다.

사람들은 각각의 경우를 따졌고, 이에 따라 구분을 지었으며, 실례를 인용했다. 입가까지 올라왔지만 이야기할 수 없는, 불현듯 떠오르는 혼란스러운 추억을 가진 여자들과 남자들은 모두 감동한 듯 보였다. 그들은 깊은 감동과 강렬한 흥미를 가지고 진부하면서도 감미로우며 신비스런 두 인간 사이의 최고의 조화라는 사랑에 대해 이야기했다.

그런데 갑자기 누군가 먼 곳을 응시하면서 외쳤다.

"아! 저기를 보세요. 저게 뭐죠?"

수평선 끝으로 거대한 회색 덩어리가 희미하게 솟아 있었다.

여자들이 자리에서 일어나 한 번도 본 적 없는 이 돌연한 물체가 무엇인지 영문을 모른 채 바라보았다.

그때 한 사람이 말했다.

"코르시카 섬이네요! 늘 저 멀리 있는 물안개 때문에 가려져 있지만, 예외적인 기후 조건에서 1년에 두세 번씩 지금처럼 저 섬을 볼 수 있어요. 물안개도 더는 저 섬을 감추지 못하는 이렇게 맑은 날에는 말이죠."

어렴풋이 산봉우리를 알아볼 수 있었는데, 그 꼭대기에는 눈이 쌓인 듯했다. 모두들 바다에서 솟아난 유령 같은 다른 세계의 갑작스런 출현으로 경악에 가까운 불안과 놀라움에 사로잡혔다.

콜럼버스처럼 아무도 가보지 않은 대양을 가로지르며 떠났던 사람들도 이처럼 기이한 형상을 보았을 것이다.

그때, 아직까지 한마디도 없었던 한 노인이 입을 열었다.

"여러분, 나는 마치 우리가 나누던 이야기에 답변이라도 하려는 듯, 내 유일한 기억을 상기시키려는 듯 우리 앞에 솟아오른 저 섬에서 있었던 변치 않는 사랑, 믿어지지 않는 행복한 사랑의 감탄할 말한 실례를 알고 있습니다. 이것이 그 이야기의 전말입니다."

내가 코르시카 섬을 여행했던 때가 벌써 5년 전이군요. 오늘처럼 프랑스 해안에서 가끔 볼 수 있음에도 불구하고 문명화되지 않은 저 섬을 사람들은 잘 몰랐고, 아메리카보다 더 멀게 느꼈었죠.

아직까지 대혼란 상태인 세계를, 급류가 흐르는 좁은 협곡들로 갈라진 거친 산악 지구를, 평야는 전혀 없고 밀림이나 밤나무와 소나무의 높은 숲으로 뒤덮인 대지의 거대한 파동과 화강암의 광대한 파도만이 굽이치는 평야를 상상해보십시오. 산꼭대기에서 바위 더미와도 같은 마을을 볼 수 있을지라도 그것은 때 묻지 않은, 문명화되지 않은 황량한 대지지요. 어떤 문화도, 산업도, 예술도 없는 곳입니다. 그 어떤 가공된 나뭇조각이나 새겨진 돌조각도, 우아하고 아름다운 것에 대한 선조들의 세련된 취향의 흔적도 남아 있지 않은 곳이지요. 아름답고도 거친 저 섬에 대해 무엇보다도 강한 충격으로 다가오는 것은 바로 우리가 예술이라고 부르는 매혹적인 형태에 대한 탐구에 조상 대대로 냉담한 점입니다.

이탈리아. 걸작으로 가득한 각각의 궁전은 그 자체가 하나의 작품이고, 대리석, 나무, 청동, 철, 그리고 모든 금속과 돌은 인간의 천재성을 증명하며, 오래된 집에서 굴러다니는 작은 골동품마저도 미의 최후의 표상인 이탈리아는 우리 모두에게 신성한 조국입니다. 그 노력과 위대함과 권력과 창조적인 지성의 승리를 우리에게 보여주고 입증하기 때문에 우리는 이탈리아를 사랑하지요.

그런데 이탈리아의 맞은편에 있는 원시적인 코르시카 섬은 창세기처럼 남아 있습니다. 사람들은 허술하게 지어진 집에서 살고 있고, 자신의 생존이나 집안의 갈등과 관계되는 것이 아니면 별로 관심이 없지요. 그들은 아주 작은 호의를 받기만 해도 길손에게 문을 열어주고 변함없는 우정을 건네며 너그럽고 헌신적이고 순진한 반면, 무분별하게 폭력을 자행하고 잔인하며 유혈을 좋아하는, 미개한 종족의 장점과 단점을 모두 가지고 있습니다.

그래서 한 달 동안 나는 세상 끝에 있는 기분으로 그

멋진 섬을 누비며 돌아다녔습니다. 여인숙도 주막도 도로도 없었습니다. 노새들이 다니는 좁은 길을 따라가다 보면 작은 부락에 도착하는데, 부락은 저녁이면 깊은 급류의 먹먹한 소리가 끊임없이 들려오는 구불구불한 심연을 굽어보고 있는 산기슭에 자리하고 있지요. 아무 집에나 가서 문을 두드려 잠잘 곳과 다음 날 아침까지 먹을 것을 부탁합니다. 그러면 검소한 식탁에 앉게 되고 소박한 지붕 아래에서 잠을 자게 되죠. 다음 날 아침이면 주인이 마을 끝까지 배웅해주며 악수를 청합니다.

그런데 어느 날 저녁, 열 시간을 걸은 끝에 나는 계곡물이 바다에 닿으려면 몇 킬로를 더 흘러야 하는 어느 좁은 골짜기 깊숙한 곳의 작은 외딴집에 도착했습니다. 밀림, 무너진 암석, 큰 나무들로 뒤덮인 가파른 산의 양 비탈이 애처로울 만큼 쓸쓸한 그 골짜기를 어두컴컴한 성벽처럼 둘러싸고 있었지요.

그 외딴 초가집 주위로는 연명을 위해 필요한, 그 가난한 섬에서는 큰 재산일 몇 그루의 포도나무와 작은 텃밭이 있었고, 조금 떨어진 곳에는 큰 밤나무 몇 그루가 있었습니다.

나를 맞아준 여인은 나이가 매우 많았고, 엄격했으며,

보기 드물게 정갈했지요. 짚으로 엮은 의자에 앉아 있던 한 남자가 나에게 인사를 하기 위해 자리에서 일어났다가 한마디 말도 없이 다시 앉더군요. 늙은 아내가 내게 말했지요.

"저이를 용서하세요. 이제 귀가 안 들려요. 여든두 살이나 되었거든요."

그녀가 본토 프랑스어로 말했습니다. 나는 깜짝 놀랐지요.

그녀에게 물었습니다.

"코르시카 분이 아니신가요?"

그녀가 대답했습니다.

"예, 우리는 육지에서 왔어요. 하지만 우리가 이곳에 온 지도 벌써 50년이 되었네요."

사람들이 사는 도시에서 이렇게 멀리 떨어진 이 어둠의 구석에서 흘러간 50년이란 세월을 생각하니, 불안과 두려움의 감정이 나를 엄습해왔습니다. 한 나이 든 목부가 돌아오자, 우리는 저녁 식사를 시작했습니다. 음식은 단 하나, 감자와 비계 조각과 양배추를 함께 넣고 끓인 걸쭉한 수프였지요.

짧은 저녁 식사가 끝난 후 문 앞에 앉으려는데, 우울한 풍경이 자아내는 애수가 심장을 죄어오고, 쓸쓸한 저녁에나 황량한 곳에서 가끔 여행자들이 느끼는 고뇌가 가슴을 억눌렀습니다. 생명과 우주, 모든 것이 곧 끝날 것 같았지요. 순간 삶의 끔찍한 비참함, 모든 것으로부터의 고립, 모든 것에 대한 허무와 죽을 때까지 헛된 꿈으로 자신을 위로하고 속이는 가슴 속 깊은 절망적인 고독을 느꼈습니다.

늙은 여인이 내게로 다가오더니 속세를 떠난 영혼의 저 깊은 곳에 항상 살아 있는 그 호기심을 견디지 못하고 물었습니다.

"그래, 프랑스에서 오셨나요?"

"예, 여행 중입니다. 여행을 좋아해서요."

"혹시 파리에서 오셨어요?"

"아닙니다. 낭시에서 왔습니다."

그 어떤 특별한 감동이 그녀를 동요시키고 있는 것 같았습니다. 내가 뭔가를 본 건지, 혹은 그것을 느꼈는지는 잘 모르겠지만요.

그녀는 느린 목소리로 내가 한 말을 반복했습니다.

"낭시에서 오셨다고요?"

귀먹은 사람들이 대체로 그렇듯 무심한 표정으로 남자

가 문 앞에 나타났습니다.

그녀가 말을 이었지요.

"신경 쓰지 마세요. 이 사람은 아무것도 듣지 못하니까."

그리고 잠시 후 내게 또다시 질문을 던졌습니다.

"그럼 낭시에 아는 사람이 많은가요?"

"네, 거의 다 알고 있습니다."

"생알레즈 집안도 잘 아시나요?"

"그럼요, 아주 잘 압니다. 제 아버님 친구 분들이셨지요."

"성함을 여쭤봐도 될까요?"

나는 이름을 말해주었습니다. 그녀는 나를 뚫어지게 쳐다보더니 추억이 불러일으킨 낮은 목소리로 이야기했습니다.

"그래요, 맞아요. 아직도 기억이 나는군요. 브리즈마르 집안사람들은 어떻게 되었나요?"

"모두 돌아가셨습니다."

"저런! 그러면 시르몽 집안사람들, 그 사람들도 아시나요?"

"예, 막내아드님이 장군이십니다."

그러자 감동과 불안과 내가 알지 못하는 그 어떤 혼란스럽고도 강하고 신성한 감정과 지금까지 가슴 속 깊이 감추고 있던 것들과 이름만으로도 영혼을 뒤흔들어놓은 사람들에 대해 모든 것을 털어놓고 싶은 욕구에 전율하면서 그녀가 말했습니다.

"그래요. 앙리 드 시르몽. 내가 잘 알지요. 내 남동생이거든요."

순간 나는 너무도 놀라 고개를 들고 그녀를 바라보았습니다. 그러자 모든 기억이 떠올랐지요.

오래전 로렌 지방의 귀족 가문에 아주 큰 추문이 있었습니다. 부유한 집안의 아름다운 젊은 처녀, 수잔 드 시르몽이 그녀의 부친의 지휘 아래 있었던 연대 소속의 기병대 하사관에게 납치되었지요.

농부의 아들이지만 뛰어난 용모 덕에 푸른 기병대 제복이 잘 어울렸던 이 병사는 연대장의 딸에게 반했고, 그녀도 물론 기병대 행진을 하는 그를 눈여겨보다가 사랑을 하게 되었습니다. 하지만 어떻게 그녀가 그것을 말할 수 있었을까요? 어떻게 서로 만나고, 또한 어떻게 서로가 통하게 되었을까요? 그걸 아는 사람은 아무도 없었습니다.

사람들은 전혀 짐작도 예측도 하지 못했지요. 어느 날 저녁, 근무 시간이 끝난 후 병사는 그녀와 함께 사라졌습니다. 모두들 두 사람을 찾아 나섰지만, 그들은 어디에서도 보이지 않았습니다. 끝내 소식이 없자, 사람들은 그녀가 죽었을 거라고 생각했습니다.

그런데 내가 그 을씨년스런 골짜기에서 그녀를 만난 것입니다.

이번에는 내가 말을 이었지요.

"그럼요, 생생하게 기억이 납니다. 당신이 수잔 씨로군요."

그녀가 그렇다는 말 대신 고개를 끄덕였습니다. 그녀의 눈가에서 눈물이 흘러내렸지요. 그리고 오두막집 문앞에서 꼼짝 않고 서 있는 노인을 눈짓으로 가리키며 말했습니다.

"저 사람이에요."

그 순간 나는 그녀가 아직도 그를 사랑하고 있으며 아직도 그를 애정이 담긴 눈길로 바라본다는 것을 알아차렸습니다.

내가 물었지요.

"그래도 행복하셨죠?"

진심 어린 목소리로 그녀가 대답했습니다.

"아! 그럼요, 행복했지요. 저 사람이 나를 정말로 행복하게 해주었어요. 후회는 한 적이 한 번도 없답니다."

나는 슬프고 놀라운 사랑의 힘에 감탄하면서 그녀를 응시했습니다! 이 부잣집 아가씨가 농부인 저 남자를 따라 떠났던 겁니다. 그리고 그녀는 스스로 농사꾼이 되었지요. 매력도 호화스러움도 일말의 세련됨도 없는 삶에 익숙해지면서 소박한 습관에 순응하며 살았던 거죠. 그녀는 여전히 그를 사랑하고 있었습니다. 그녀는 모자를 쓰고 면 치마를 입은 시골 아낙이 되어 있었지요. 나무 탁자에서 짚으로 만든 의자에 앉아 돼지비계를 섞은 배추와 감자를 넣어 끓인 수프를 질그릇에 담아 먹었으며, 짚을 넣어 만든 침대에서 그와 함께 잠을 잤습니다.

그 사람 외에는 아무것도 생각하지 않았습니다! 그녀는 패물도 옷도 우아함도 푹신한 의자도 휘장을 두른 방의 향기로운 포근함도 휴식을 위해 몸을 눕힐 솜털 이불의 부드러움도 없었지만, 이 생활을 후회하지 않았습니다. 그녀는 그 사람 이외에는 그 어떤 것도 필요하지 않았지요. 오로지 그만 있다면, 다른 것은 바랄 게

104 행복

없었지요.

　그녀는 젊은 나이에 삶과 세상과 그녀를 길러주고 사랑해준 모든 사람을 포기했습니다. 그녀는 그 문명화되지 않은 계곡에 단지 그와 함께 갔습니다. 그는 그녀에게 사람들이 갈망하고 꿈꾸고 끊임없이 기다리며 끝없이 기대하는 모든 것이었지요. 처음부터 끝까지 그는 그녀의 삶을 행복으로 가득 채워주었습니다.

　그녀는 그 이상 행복할 수 없었습니다.

　그날 밤새도록, 그렇게 멀리까지 따라온 그녀와 함께 초라한 침대에 누워 잠든 늙은 병사의 거친 숨소리를 들으면서, 나는 이 기이하고도 소박한 모험과 아주 작은 것으로 이룬 이처럼 완벽한 행복에 대해 생각했지요.

　날이 밝자, 나는 노부부와 악수를 나눈 후 길을 떠났습니다.

　이야기는 여기서 끝났다. 한 여인이 말했다.

　"똑같단 말이야. 그 여자는 너무도 이루기 쉬운 이상과 너무도 원초적인 욕구와 너무도 소박한 것을 원했어요. 어리석은 여자임에 틀림없어요."

또 다른 여인이 천천히 말했다.

"무슨 상관이에요! 그녀는 행복했는걸요."

그때 마치 자신의 해안에 피신했던 두 소박한 연인의 이야기를 들려주기 위해 모습을 드러낸 것 같았던 코르시카 섬이 수평선 끝으로 거대한 그림자를 지우며 바다 속으로 천천히 그 자태를 숨기다가 어두운 밤 속으로 잠겼다.

질 삼촌

흰 수염의 가난한 노인이 우리에게 동냥을 했다. 내 친구 조제프 다브랑슈가 그에게 백 수를 주었다. 내가 놀라자 그가 말했다.

"저 노인을 보니까 한 이야기가 생각나는군. 내 그 이야기를 들려주지. 내 머릿속에서 한시도 떠나지 않는 기억이거든. 사연은 이렇네."

르아브르 출신인 우리 집은 부유하지 않았네. 그저 간신히 살아갈 정도였지. 아버지는 일 때문에 직장에서 늦게 귀가를 했지만, 그리 많이 벌지는 못했어. 그리고 내게는 누이가 둘 있었지.

어머니는 우리의 궁색한 살림에 매우 고통스러워하며 종종 아버지를 날카롭게 쏘아붙이고 상처가 되는 비난도 은근히 내뱉었네. 가엾은 아버지는 나를 슬프게 하는 몸짓을 하곤 했지. 나지도 않은 이마의 땀을 닦는 것처럼 아버지는 손바닥을 펴 이마를 문지르며 아무 대답도 하지 않았어. 그럴 때면 나는 무기력한 아버지의 고통을 느낄 수 있었네. 우리는 모든 것에서 돈을 절약했네. 답례를 하지 않기 위해 식사 초대도 거절했고, 필수품은 가게 한구석에 값싸게 내놓는 재고품만 사곤 했지. 누이들은 원피스를 직접 만들어서 입었고, 1미터에 15상팀 하는 레이스의 가격을 두고도 오랫동안 흥정을 했네. 식사는 기름진 수프와 아무 소스나 마구 집어넣은 쇠고기였어. 이것이 건강에 좋고 원기를 북돋운다고들 얘기하지만, 나는 다른 음식도 먹고 싶었네. 그런 정도니 내가 단추를 잃어버리거나 바지를 찢어먹으면 아주 지독한 쇼를 해야 했네.

히지만 매주 일요일에는 정장을 차려입고 부둣가를 한 바퀴 산책하곤 했지. 우리 아버지는 프록코트를 입고 큰

모자를 쓰고 장갑을 끼고 축제 날의 큰 배처럼 화려하게
장식한 어머니의 팔짱을 끼었어. 제일 먼저 준비를 끝마
친 누이들은 출발 신호를 기다렸지만, 언제나 집을 나서
기 직전에 가장인 아버지의 프록코트에 얼룩이 진 것이
발견되어 벤젠을 묻힌 헝겊 조각으로 재빨리 지워야만
했네.

더러워지지 않도록 장갑을 벗어놓고 근시 안경을 고쳐
쓴 어머니가 서둘러 얼룩을 지우는 동안, 아버지는 머리
에 큰 모자를 그대로 쓴 채 와이셔츠 바람으로 작업이 끝
나기를 기다렸네.

식구들은 격식을 차리고 길을 떠났네. 누
이들이 팔짱을 끼고 맨 앞에서 걸었지. 결
혼할 나이가 된 누이들을 마을 사람들에
게 보여주기 위해서였어. 아버지는 어머
니의 오른쪽에, 나는 왼쪽에 섰네. 나는
이 일요일의 산책에서 보았던 불쌍한 우리 부모님
의 거드름과 경직된 얼굴 표정과 엄격한 모습을 기억하
고 있네. 마치 그들의 태도에 중요한 일이 달려 있기라도
한 듯, 몸을 반듯이 세우고 뻣뻣한 다리로 위풍 있게 걸
어 나갔지.

매주 일요일, 이름 모를 먼 나라에서 돌아오는 거대한 배들이 부둣가로 들어서는 것을 바라보며 우리 아버지는 언제나 똑같은 말을 반복했네.

"어때! 쥘이 저 배를 타고 있다면 굉장히 놀랍겠지!"

한때는 내게 공포의 대상이었지만, 아버지의 형제이자 내 큰아버지인 쥘은 가족의 유일한 희망이었지. 어린 시절부터 그에 대한 이야기를 들어왔기 때문에 만나면 첫눈에 알아볼 수 있을 것 같았어. 그만큼 내게는 친숙한 존재였거든. 나는 쥘 삼촌이 미국으로 떠나기 전까지의 세세한 생활사를 모두 알고 있었네. 사람들은 그 당시 삼촌의 삶에 대해 쉬쉬했지만 말이야.

사람들은 그가 품행이 나빴다고 하더군. 돈을 낭비했거든. 가난한 가정에서 그것보다 더한 범죄는 없지, 부잣집 사람들은 인생을 즐기는 한 남자가 바보 같은 짓을 했구나 생각하겠지만. 쥘 삼촌은 흔히 사람들이 우스갯소리로 얘기하는 방탕아였어. 하지만 가난한 집안에서는 부모의 재산을 축내는 자식은 못된 놈이 되고, 망나니가 되고, 건달이 되지!

같은 행위라 하더라도 이러한 구분은 정당한 거야. 행실의 심각성은 그 결과에서 좌우되는 거니까.

하여튼 쥘 삼촌은 자신에게 할당된 유산을 다 써버리고 나서 우리 아버지가 기대를 걸었던 유산까지 현저하게 축냈어.

그 당시 사람들이 흔히 그랬던 것처럼 쥘 삼촌은 르아브르에서 뉴욕으로 가는 상선에 몸을 실었네. 그곳에 도착한 쥘 삼촌은 무슨 장사인지는 모르지만 장사꾼으로 자리를 잡았지. 그리고 돈을 좀 벌었는지 아버지에게 끼친 손해를 배상할 수 있을 거라며 곧바로 편지를 보내왔어. 그 편지는 가족들에게 깊은 감동을 불러일으켰네. 도덕적 가치라고는 한 푼어치도 없다고 사람들 입에 오르내리던 쥘이 갑자기 정직한 남자, 마음 따뜻한 청년, 모든 다브랑슈 집안사람처럼 성실한 진짜 다브랑슈가 되어버렸지.

게다가 한 선장은 그가 큰 상점을 세내어 유력한 사업을 하고 있다고 우리에게 알려주었네.

2년 후에 날아온 두 번째 편지에는 이렇게 쓰여 있었어.

사랑하는 필리프, 난 건강하게 잘 있으니 염려하지 마라. 사업도 잘되고 있어. 내일 남미로 긴 여행을 떠난단다. 아마도 몇 년간은 소식을 전하지 못할 거야. 내가 편지를 쓰지 않더라도 걱정하지 마라. 한밑천 마련하면 르아브르로 돌아갈 테니 그때 함께 행복하게 살자꾸나. 그날이 너무 멀지 않기를 바라면서…….

그 편지는 온 가족의 복음서가 되어버렸네. 우리는 기회만 닿으면 그 편지를 읽었고, 누구에게나 보여주었지.

사실상 쥘 삼촌은 10년 동안 소식을 전혀 전하지 않았지만, 시간이 흐를수록 아버지의 기대는 점점 커져갔고 어머니 역시 이런 말을 자주 했네.

"그 착한 쥘이 이곳에 온다면 우리 처지도 달라질 거야. 역경에서 빠져나올 줄 아는 사람이 있다면, 바로 쥘이지!"

그래서 매주 일요일, 수평선 저쪽에서 검고 거대한 기선이 하늘에 구렁이 같은 연기를 토해내며 다가오면 아버지는 그것을 바라보면서 당신만의 영원한 문장을 반복했네.

"어때! 쥘이 저 배를 타고 있다면 굉장히 놀랍겠지!"

그러면 우리는 정말로 손수건을 흔들며 "어이! 필리프!" 하고 소리치며 나타날 그를 기다리는 것 같았어.

우리는 쥘 삼촌의 귀향을 확신하며 수천 가지 계획을

세웠네. 삼촌의 돈으로 앵구빌 근처에 작은 별장을 살 계획까지 있었지. 이 계획과 관련해서 우리 아버지가 이미 흥정을 시작하지 않았다고 단언할 수 없겠군.

그때 큰누이는 스물여덟 살이었고, 작은누이는 스물여섯 살이었네. 누이들은 아직 결혼 전이었는데, 당시 그것은 모두에게 굉장한 근심거리였지.

마침내 작은누이에게 구혼자가 나타났어. 부자는 아니지만 정직한 회사원이었지. 어느 날 저녁 그에게 보여줄 삼촌의 편지가 그로 하여금 망설임을 끝내고 결심을 하게 했다고 나는 확신하네.

그의 청혼은 흔쾌히 받아들여졌고, 결혼식을 올린 다음 모든 가족이 함께 제르세이[*] 섬으로 짧은 여행을 가기로 결정했네.

제르세이 섬은 가난한 사람들에게는 이상적인 여행지이지. 그리 멀지도 않고, 정기선으로 바다를 건너면 외국 땅에 도착하는 셈이거든. 그 섬은 영국 땅이니까. 그러니 프랑스인으로서는 두 시간의 항해로 이웃 나라 사람을 볼 수 있고, 또 솔직한 사람들이 흔히 얘기하듯 영국식

[*] 영국식 발음으로는 저지.

집들로 덮인 그 섬의 한심한 풍습을 연구할 수도 있지.

제르세이 여행은 우리의 관심사였고, 유일한 기다림이었으며, 우리의 꿈이 되었네.

마침내 출발 날짜가 다가왔어. 나는 아직도 그게 어제일 같아. 그랑빌 부둣가에서 떠나기 위해 기선이 열을 가하고 있었고, 아버지는 넋이 나간 표정으로 우리 짐 세개가 제대로 실리는지 지켜보고 있었네. 어머니는 걱정스럽게, 한배에서 태어난 새끼 중 혼자 남은 병아리처럼 작은 누이가 떠난 후부터 어찌할 바를 모르고 있는 결혼하지 않은 누이의 팔짱을 끼고 있었어. 우리 등 뒤로는 새신랑과 새신부가 있었는데, 항상 뒤처져 있었기 때문에 나는 자주 고개를 돌려보곤 했지.

배가 기적을 울렸네. 우리가 탄 배는 부두를 떠나 녹색의 대리석 탁자 같은 잔잔한 바다 위로 나아갔지. 여행을 많이 하지 못한 사람들이 으레 그렇듯 우리는 행복하고 자랑스러운 기분을 느끼며 멀어지는 해안을 바라보았어.

아버지는 프록코트 아래로 배를 내밀고 있었네. 식구들 모두가 그날 아침에도 프록코트의 얼룩을 정성스럽게 지웠기 때문에 아버지 주위에선 벤젠 냄새가 풍겼어. 아버지가 외출하는 날이면 늘 그 냄새가 났기 때문에 나는

그걸로 그날이 일요일임을 알곤 했지.

문득 아버지는 두 신사가 두 명의 우아한 부인에게 굴을 건네는 것을 발견했네. 누더기 같은 옷을 입은 늙은 선원이 단 한 번의 칼질로 굴 껍데기를 열어 신사들에게 주면, 신사들은 그것을 부인에게 건네주었지. 얇은 손수건 위로 껍데기를 올려놓고 드레스에 얼룩이 묻지 않도록 입을 내밀며 부인들은 조심스럽게 굴을 먹었네. 그런 다음 빠르고 작은 동작으로 국물을 마시고는 바다에 껍데기를 던졌어.

아버지는 항해하는 배 위에서 굴을 먹는 색다른 행위에 마음이 끌렸던 것 같아. 세련되고 고급스러운 취미라고 생각했는지 어머니와 누이들에게 다가와 물었네.

"내가 굴 좀 사줄까?"

어머니는 비용 때문에 망설였지만 누이들은 즉시 승낙했네. 어머니가 불만스런 목소리로 말했어.

"나는 위가 아플까 봐 겁나네요. 애들에게나 사주세요. 너무 많이는 말고요. 배탈 날지도 모르니까."

그러곤 내 쪽으로 몸을 돌려 이렇게 덧붙였네.

"조제프는 사줄 필요 없어요. 사내애들은 너무 애지중

지 키우면 안 되니까요."

나는 이런 차별이 정당하지 못하다고 생각하면서 어머니 곁에 남아 있었어. 그리고 누더기 옷을 입은 늙은 선원 쪽으로 두 누이와 사위를 데리고 폼을 내며 걸어가는 아버지의 행동거지를 눈으로 좇았지.

두 부인이 막 자리를 떠나자, 아버지는 국물을 흘리지 않고 먹기 위해서는 어떻게 굴을 잡아야 하는지 누이들에게 알려주었네. 아버지는 시범을 보이고 싶어 굴을 하나 집어 들었지. 그리고 부인들을 흉내 내다가 국물을 프록코트 위에 엎지르고 말았어. 바로 어머니가 이렇게 중얼거렸네.

"그냥 잠자코 있지."

그런데 아버지가 갑자기 당황하는 빛을 보였어. 몇 발자국 물러서서 굴 껍데기 까는 사람 주위를 둘러싼 식구들을 뚫어지게 쳐다보더니 급히 우리가 있는 곳으로 다가오는 거야. 눈빛이 이상하고 아주 창백해 보였지. 아버지가 어머니에게 낮은 목소리로 얘기했네.

"굴 까는 저 사람, 신기하게도 쥘을 많이 닮았군."

어머니가 깜짝 놀라 물었지.

"어떤 쥘요?"

아버지가 다시 말을 이었네.

"아니…… 내 형 말이야……. 미국에서 잘살고 있다는 걸 몰랐으면 저 사람이 쥘이라고 믿었겠어."

어머니는 어이가 없어서 말을 더듬거렸어.

"당신 미쳤어요? 저 사람이 쥘일 리가 없잖아요! 왜 그런 바보 같은 소리를 해요?"

하지만 아버지는 고집을 부렸네.

"클라리스, 가서 보구려. 당신 눈으로 직접 보고 확인하는 게 좋을 것 같아."

어머니가 자리에서 일어나 딸들에게로 다가갔네. 나역시 그 남자를 바라보았지. 그는 늙고 지저분한 데다 주름살투성이였어. 그는 자기가 하는 일에서 눈길을 떼지 않았지.

어머니가 돌아왔네. 어머니가 떨고 있다는 것을 느낄 수 있었어. 어머니는 재빠르게 이렇게 말했네.

"그가 맞는 것 같아요. 선장에게 가서 물어봐요. 지금 이런 때에 저 건달을 우리가 떠맡게 되지 않도록 특히 주의하고요!"

아버지가 자리에서 떠났고, 나는 아버지를 따라갔네. 이상할 정도로 마음이 들뜨더군.

선장은 키가 크고 마르고 긴 구레나룻이 있는 사람이었는데, 마치 인도의 우편선을 지휘하는 것처럼 점잖게 선교 위를 걷고 있었어.

아버지는 찬사를 섞어가며 그의 직업에 관해 정중하게 질문을 던졌네.

"제르세이에서 중요한 것은? 생산물은? 인구는? 풍속은? 관습은? 토질은?"

누가 들으면 미국에 대해 이야기하고 있는 줄 알았을 거야.

그러곤 우리가 타고 있는 '익스프레스호'에 대해서 얘기한 후, 화제가 승무원으로 돌아갔지. 마침내 아버지가 떨리는 목소리로 물었네.

"저기 굴 까는 노인 있잖습니까. 참 흥미로운 사람 같은데, 저 노인에 대해 알고 계신 게 있습니까?"

이 대화에 드디어 짜증이 난 듯 선장은 무뚝뚝하게 대답했어.

"지난해에 미국에서 만난 떠돌이 프랑스인인데 본국으로 돌려보내려고 데리고 왔지요. 가족이 르아브르에 있다고 하던데, 가족에게 갚아야 할 돈이 있다면서 그들 곁으로 돌아가려고 하지 않더군요. 이름이 쥘…… 쥘 다

르망슈인가 다르방슈인가, 뭐 그럴 거요. 미국에서는 부자였다고들 하던데, 지금은 보시다시피 저렇게 되었지요."

얼굴이 납빛이 되어버린 아버지는 눈이 휘둥그레지더니 목이 막혀 더듬거리며 말했네.

"네! 네! 잘 알았습니다. 아주…… 놀라운 일도 아니군요. 선장님, 감사합니다."

그런 후 아버지는 자리를 떴고, 선장은 어이없다는 표정으로 멀어져 가는 아버지를 바라보았지.

어머니 곁으로 돌아온 아버지가 얼마나 고통에 질려 있었는지, 어머니가 아버지에게 이렇게 말했네.

"앉으세요. 사람들이 뭔 일이 있는 줄 알겠어요."

아버지는 벤치에 걸터앉으며 웅얼거렸어.

"쥘이야. 쥘이 틀림없어!"

그리고 아버지가 물었네.

"어떻게 하지?"

어머니가 재빨리 대답했지.

"애들을 데리고 와야죠. 조제프가 모든 것을 알고 있

으니, 조제프한테 애들을 데려오라고 합시다. 우리 사위가 아무것도 모르게끔 각별히 조심해야 해요."

아버지는 넋 나간 사람처럼 중얼거렸어.

"이게 무슨 변인지!"

어머니는 갑자기 성을 내며 말했어.

"내 이 도둑놈이 아무 일도 못 하고 우리한테 짐이 되면 어쩌나 항상 걱정스럽더라니! 다브랑슈 집안사람에게 뭘 기대할 수 있겠어!"

아버지는 어머니의 비난을 들을 때면 언제나 그랬듯이 이마를 손으로 쓱 문질렀네.

어머니가 한마디 덧붙였지.

"굴 값을 치르도록 지금 조제프에게 돈을 주세요. 저 비렁뱅이가 우리를 알아보면 큰일이에요. 이 배 위의 흥밋거리가 될 거예요. 저쪽 끝으로 갑시다. 저치가 우리에게 가까이 오지 못하도록 말이에요."

어머니가 일어났네. 부모님은 내게 백 수짜리 동전 한 닢을 주고는 그 자리에서 멀리 가버렸지.

놀란 누이들은 아버지를 기다리고 있었네. 나는 어머니가 뱃멀미로 힘들어하신다고 말하고 나서는 굴 까는 사람에게 물었어.

"아저씨, 얼마예요?"

나는 '삼촌'이라고 부르고 싶었지.

그가 대답했어.

"2프랑 50입니다."

내가 백 수를 건네자 그는 내게 잔돈을 거슬러 주었지.

나는 그의 손을, 쭈글거리는 한 선원의 불쌍한 손을 보았네. 그리고 서글프고 지쳐버린 늙고 비참한 그의 얼굴을 바라보며 생각했네.

'우리 삼촌, 아버지의 형제인 삼촌이구나!'

나는 그에게 팁으로 10수를 주었어. 그가 내게 고맙다고 했지.

"젊은 신사 양반에게 신의 은총이 있기를!"

동냥을 받은 거지의 말투였네. 나는 그가 미국에서도 동냥을 했을 거라고 생각하게 되었지.

누이들은 내가 인심을 쓰는 것을 보고 놀라 나를 빤히 쳐다보더군.

아버지에게 남은 2프랑을 다시 돌려주자, 놀란 어머니가 물었네.

"3프랑이나 해? 그럴 리가 없는데."

나는 당당한 목소리로 말했네.

"10수를 팁으로 주었어요."

어머니가 펄쩍 뛰며 내 눈을 똑바로 보고 말했어.

"미쳤구나! 저 비렁뱅이에게 10수나 주다니!"

어머니는 사위를 가리키는 아버지의 눈짓에 말을 그쳤네.

그러곤 모두들 입을 다물었지.

우리 눈앞에 펼쳐진 수평선 위로 보랏빛 그림자가 바다에서 솟아오르는 것 같았어.

제르세이였지.

부두에 다다르자 쥘 삼촌을 다시 보고픈 마음이 강렬하게 생기더군. 다가가서 위로가 되는 따뜻한 말을 건네주고 싶었지.

하지만 굴을 먹는 사람이 더 이상 나타나지 않았기 때문에 그는 이미 사라지고 없었네. 아마도 그 불쌍한 사람은 자신이 거처하는 냄새가 고약한 배 밑창으로 내려간 것일 테지.

우리는 그를 다시 만나지 않기 위해 생말로행 배를 타고 돌아왔네. 어머니는 근심으로 심장이 다 타버렸을 거야.

나는 그 후로 삼촌을 다시 보지 못했네!

이런 이유로, 자네는 내가 거지에게 백 수를 건네주는 것을 때때로 보게 될 거야.

노끈

장날이라 고데르빌 주위의 모든 길에
는 농부들과 아낙들이 큰 마을을 향해 가고 있었다. 남자
들은 고된 일과, 왼쪽 어깨를 올라가게 하는 동시에 한쪽
다리만 짧아지게 만드는 쟁기의 무게와, 몸의 균형을 굳
건히 유지하기 위해 두 다리를 벌리고 해야 하는 밀 베는
일과, 또 시간이 걸리는 힘겨운 농촌의 모든 일 때문에
망가지고 휘어진 긴 다리를 움직일 때마다 상반신을 앞
으로 구부리면서 느리게 걷고 있었다. 풀 먹인 그들의 푸
른 작업복은 광칠을 한 것처럼 반짝거렸고, 목과 소맷

부리에는 하얀 실로 장식된 작은 그림들이 있었다. 뼈마디가 드러난 가슴팍은 그 주위가 부풀어 마치 머리와 두 팔과 두 다리를 가진, 하늘로 날아가려는 고무풍선 같았다.

어떤 사람들은 줄로 암소와 송아지를 잡아 끌어당기고 있었다. 아낙네들은 한쪽에는 닭들의 머리가, 다른 쪽에는 오리들의 머리가 삐져나온 큰 바구니를 팔에 들고 걸음을 재촉하기 위해 아직 잎사귀가 남아 있는 나뭇가지로 짐승의 등을 때렸다. 여위고 곧은 허리를 가진 그녀들은 작고 꼭 맞는 숄을 둘러 납작한 가슴에 핀을 꽂고, 머리를 흰 천으로 둘러싼 위에 모자를 쓰고서 남자들보다 좁은 보폭으로 활기차게 걷고 있었다.

그때 조랑말이 이끄는 마차 한 대가 지나갔다. 마차는 한구석에 나란히 앉은 남자 두 명과 여자 한 명을 심하게 흔들어대면서 불규칙적으로 덜컹거렸다. 여자는 마차의 요동을 덜 느끼기 위해 가장자리를 붙들고 있었다.

고데르빌 광장은 사람들과 짐승들로 바글거렸다. 황소의 뿔과 부농들의 긴 깃털이 달린 길쭉한 모자와 시골 아낙네들의 모자가 우글거리는 사람들 틈 위로 삐져나와 있었다. 귀가 먹먹하도록 소리치는 목소리와 날카롭게 찢어지는 목소리가 사방에서 원시적인 아우성을 이루고 있었는데, 이러한 소리도 호탕한 한 시골 사람의 단단한 가슴속에서 터져 나오는 큰 웃음이나 담벼락에 매어놓은 암소의 긴 울음소리에 압도되곤 했다.

외양간 냄새, 우유 냄새, 퇴비 냄새, 건초 냄새, 땀 냄새가 진동했다. 밭에서 일하는 사람들 특유의 시큼하면서도 불쾌한 냄새는 인간적이고도 동물적인 맛을 풍기고 있었다.

브레오테에 사는 오슈코른 영감은 고데르빌에 막 도착해 광장 쪽으로 발길을 옮기려는 찰나에 땅바닥에 떨어져 있는 작은 노끈 조각을 보았다. 근검절약을 생활 속에 실천하는 이 진정한 노르망디 사람은 쓸 수 있는 물건은 무엇이든 주워 모으는 것이 좋다고 생각했다. 그래서 그는 힘들게 몸을 굽혀—류머티즘으로 고생을 하고 있었기 때문에—땅바닥에서 가는 노끈 조각을 집어 들었다. 그리고 그것을 정성스레 감으려 할 때, 제 집 문지방에서 자기를 쳐다보고 있는 마구상 말랑댕 영감을 발견했다. 예전에 그들은 말고삐 때문에 작은 다툼이 있었고, 두 사람 모두 쉽게 털어버리는 성격들이 아니어서 아직도 서로에게 화가 나 있었다. 오슈코른 영감은 소똥 더미에서 노끈 조각을 찾고 있는 자신의 모습을 원수에게 들키자 수치심을 느꼈다. 순간 그는 주운 물건을 작업복에 넣었다가 다시 바지 주머니에 숨겼다. 그런 다음 찾지 못한 물건을 여전히 땅바닥에서 찾는 듯한 시늉을 하다가, 고통으로 허리를 굽힌 채 머리를 앞으로 내밀며 시장 쪽으로 향했다.

곧바로 그는 끝없이 흥정하며 떠들썩하게 소리치는 굼뜬 군중 속으로 사라졌다. 농부들은 속을까 항상 두려워하며 결정도 하지 못하고, 암소들을 쓰다듬으며 이리저리 왔다 갔다 했다. 그들은 판매인의 눈치를 살피며 사람의 농간과 짐승의 결점을 찾아내고자 애를 썼다.

여자들은 커다란 바구니를 발밑에 내려놓고 닭들을 꺼내놓았다. 볏이 새빨간 닭이 발이 묶인 채 놀란 눈으로 바닥에 드러누웠다.

냉랭하고 무표정한 얼굴의 아낙네들은 손님이 제시하는 값을 듣고 자기들의 값을 고수하다가, 갑자기 손님이 말한 깎은 가격에 팔 결심을 하고 천천히 멀어지는 손님에게 소리를 쳤다.

"좋아요, 앙팀 영감. 가져가슈."

정오를 알리는 종소리가 울리자 오랫동안 장터에 머물

렀던 사람들이 식당으로 흩어지면서 광장은 조금씩 여유를 찾아갔다.

식당의 커다란 앞마당에는 짐수레, 일두 이륜마차, 의자 달린 긴 마차, 2인승 이륜마차, 작은 포장마차, 끌채가 두 팔을 벌린 것같이 하늘로 추켜올려지거나 코를 땅에 박고 꽁무니는 공중으로 치솟은 마차, 소똥이 묻어 누렇게 변한 마차, 모양이 변한 마차, 땜질한 마차 등 온갖 종류의 마차가 가득 차 있었고, 이와 마찬가지로 주르댕 식당은 밥 먹는 사람들로 가득했다.

식탁에 앉아 식사하는 사람들 맞은편으로 환한 불꽃이 가득한 커다란 벽난로가 오른쪽 열에 앉은 사람들 등 뒤에서 강렬한 열기를 뿜어냈다. 닭고기, 비둘기 고기, 양의 넓적다리 고기를 꽂은 세 개의 꼬치가 돌아가는 가운데, 구운 고기와 살짝 탄 껍질에서 흐르는 고기즙의 감칠맛 나는 냄새가 난로에서 피어올라 코에 즐거움을 주고 입에 군침이 돌게 했다.

시골 귀족들은 모두 여기, 식당 주인이자 마필 매매상이며 돈이 많고 약삭빠른 주르댕 씨 집에서 밥을 먹었다.

요리가 나왔고, 사람들은 노란 시드르▪ 병을 비우듯

접시를 비웠다. 그리고 저마다 자신들이 산 것과 판 것에 대해 얘기했다. 수확에 대한 이야기도 나누었다. 푸른 잎을 위해서는 좋았지만, 밀 농사를 위해서는 날씨가 좀 더 습했어야 했다는 의견이 있었다.

갑자기 집 앞마당에서 북소리가 울렸다. 몇몇 무관심한 사람을 제외하곤 모두들 입 안에 음식물을 가득 담은 채 냅킨을 손에 쥐고 자리에서 일어나 문이나 창문으로 뛰어나갔다.

북소리가 끝나자 정부 공고인이 딱딱 끊어지는 목소리로 이렇게 소리쳤다.

"고데르빌 주민과 장터에 계신 모든 사람에게 알려드립니다. 오늘 아침 아홉 시에서 열 시경에 뵈즈빌 길가에서 5백 프랑과 서류가 든 검은 가죽 지갑이 분실되었습니다. 발견 즉시 면사무소나 만빌의 포르튀네 울브레크 영감님 댁으로 가져다주시기 바랍니다. 20프랑의 보상금이 있습니다."

그런 다음 그가 떠났다. 멀리서 둔탁한 북소리와 공고인의 어렴풋한 목소리가 다시 한 번 들려왔다.

■ 사과로 만든 술.

사람들은 울브레크 영감이 지갑을 찾을 가능성과 찾지 못할 가능성을 열거하면서 이 사건에 대해 얘기하기 시작했다.

그렇게 식사가 끝났다.

지서 주임이 문 입구에 모습을 나타냈을 때, 사람들은 커피를 거의 다 마셔가고 있었다.

그가 물었다.

"브레오테 마을의 오슈코른 영감님 여기 계십니까?"

테이블 한쪽 끝에 앉아 있던 오슈코른 영감이 대답했다.

"예 있소."

그러자 주임이 다시 말했다.

"오슈코른 영감님, 면사무소까지 함께 가주실 수 있으신지요. 면장님께서 당신께 하실 말씀이 있다고 하십니다."

놀라 불안해진 농부는 단숨에 잔을 비우고 아침보다 더 구부러진 자세로 자리에서 일어났다. 쉬고 나서의 첫걸음은 유난히 고통스러웠기에 그는 이렇게 말을 되풀이하며 걸어갔다.

"내 예 있소, 내 예 있소."

그러면서 그는 주임을 따라나섰다.

면장은 안락의자에 앉아 그를 기다리고 있었다. 마을의 공중인이기도 한, 뚱뚱하고 육중한 면장이 근엄하게 말했다.

"오슈코른 영감, 뵈즈빌 길가에서 당신이 만빌에 사는 울브레크 영감의 지갑을 줍는 것을 봤다는 사람이 있습니다."

영문도 모른 채 자기에게 화살이 돌려진 그 의혹에 소스라치게 놀란 시골 영감이 면장을 바라보았다.

"내가, 내가, 내가 그 지갑을 주웠다고요?"

"그렇소, 당신이."

"내 명예를 걸고 말하는데 절대 그런 일은 없어요."

"누가 봤다고 하는데요."

"나를, 나를 봤다고요? 누가 나를 봤답니까?"

"마구상인 말랑댕 씨요."

그제야 늙은 영감은 상황을 이해할 수 있었다. 그의 얼굴이 분노로 빨개졌다.

"아! 그놈이 나를 봤다고요, 그놈이! 그것이 이 노끈 줍는 것을 본 겁니다. 보세요, 면장 선생님."

그러면서 그는 주머니를 뒤져 작은 노끈 조각을 꺼냈다.

하지만 면장은 믿지 못하겠다며 고개를 흔들었다.

"오슈코른 영감, 나보고 당신 말을 믿으라는 거요? 말랑댕 씨는 신용할 만한 사람입니다. 그가 노끈을 지갑으로 착각했다니요."

화가 난 농부는 자신의 결백을 증명하기 위해 침을 한쪽에 뱉고 손을 쳐들며 반복해서 말했다.

"그래도 그것이 하늘이 아는 사실이요, 진실된 사실입니다, 면장 선생님. 여기 내 영혼과 구원을 걸고 맹세하겠습니다."

면장이 다시 물었다.

"그 물건을 주운 다음 당신이 진흙 속에 동전이 떨어지지 않았나 한참 동안 살펴보더라던데요."

영감은 모욕을 느끼는 한편 겁에 질렸다.

"그렇게 얘기할 수 있지요! 그렇게…… 정직한 사람을 나쁜 사람으로 만들려면 거짓말로 얘기할 수 있지요! 그렇게 얘기할 수도 있을 겁니다!"

그가 항의했지만 아무도 그의 말을 믿지 않았다.

말랑댕 씨와의 대질에서도 말랑댕 씨는 자신의 증언을 반복할 뿐이었다. 그들은 한 시간 동안 서로 싸웠다. 오슈코른 영감은 자진하여 몸수색을 받았다. 그에게서는 아무것도 나오지 않았다.

마침내 몹시 혼란스러워진 면장은 검찰에 알아보고 명령을 요청하겠다고 하면서 그를 돌려보냈다.

이 소식은 널리 퍼졌다. 영감은 면사무소에서 나오자마자 진지한 호기심에 가득 찬 사람과 비웃는 사람들에둘러싸여 질문 공세를 당했다. 그는 노끈 이야기를 해주었다. 그러나 사람들은 그의 말을 믿어주지 않았다. 그저웃기만 했다.

그는 가는 곳마다 사람들에게 붙들리기도 하고 그 자신이 친분이 있는 사람들을 붙잡기도 하면서 사건에 대한 자신의 항변을 또다시 들려주었으며, 아무것도 훔치지 않았음을 증명하기 위해 주머니를 털어 보였다.

사람들이 그에게 말했다.

"약아빠진 늙은이 같으니라고, 어서 가시오!"

그러면 그는 어떻게 할지를 몰라 여전히 그 이야기만을 반복했다. 사람들이 자신의 말을 믿어주지 않는 것이속상하고, 열이 나고, 짜증이 나고, 화가 났다.

밤이 되었다. 그는 돌아가야 했다. 세 사람의 이웃과함께 길을 걷던 그는 노끈 조각을 주운 그 장소를 일행에게 알려주었다. 그리고 돌아가는 내내 자신이 당한 뜻밖의 일에 대해 주절거렸다.

저녁에는 브레오테 마을을 돌면서 자신의 얘기를 떠들고 다녔다. 그러나 그의 말을 믿어주는 사람은 한 명도 없었다.

그는 밤새 앓았다.

다음 날 오후 한 시쯤, 이모빌에서 농사를 짓는 브르통 영감의 농장 하인인 마리우스 포멜이 만빌에 사는 울브레크 영감의 지갑과 그 속에 든 물건을 임자에게 돌려주었다.

그는 길에서 그 물건을 발견했고, 글을 못 읽어 그것을 집으로 가지고 와 자신의 주인에게 주었다고 했다.

그 소식이 주변 마을에 퍼졌다. 오슈코른 영감도 알게 되었다. 그는 그 즉시 마을을 돌면서 결말을 갖춘 자신의 이야기를 떠들어대기 시작했다. 그는 승리한 것이었다.

"저를 슬프게 하는 건 다른 것이 아니에요. 이해하겠소? 바로 거짓부렁이요. 거짓부렁이로 사람을 비난하는 것처럼 마음을 상하게 하는 것이 없단 말이지."

매일같이 그는 자신이 당한 일에 대해 얘기했고, 길을 지나가는 사람들에게, 술집에서 술 마시는 사람들에게,

그 다음 일요일 교회에서 예배를 보고 나오는 사람들에게 자신의 얘기를 들려주었다. 그는 모르는 사람까지 붙들고 얘기했다. 이제 그는 냉정을 되찾았다. 그런데도 불구하고 무엇인지 정확히는 모르겠지만 무언가 그의 심기를 불편하게 만드는 것이 있었다. 그의 얘기를 듣는 사람들이 그를 비웃는 것 같았다. 그들은 자신의 말을 이해하고 있지 않은 듯 보였다. 자신의 등 뒤에서 무슨 말들을 하는 것같이 느껴졌다.

그 다음 주 화요일, 그는 단지 자신의 얘기를 들려줄 필요가 있다고 생각해 고데르빌 시장에 갔다.

자기 집 문 앞에 서 있던 말랑댕이 그가 지나가는 것을 보자 웃기 시작했다. 왜 그러는 것일까?

그는 크리크토에 사는 소작인에게 말을 걸었다. 그러나 소작인은 그가 말을 끝내기도 전에 움푹 들어간 배를 한 대 치면서 그의 얼굴에 대고 소리쳤다.

"아주 교활한 사람이구면, 얼른 가시오!"

그리고 소작인은 발길을 돌렸다.

자리에 남겨진 오슈코른 영감은 어리둥절하고 점점 불안해졌다. 왜 사람들이 자기를 '교활한 사람'이라고 부를까?

그는 주르댕 식당에 앉아 그 사건에 대해 설명하기 시작했다.

몽티빌리에에 사는 마필 매매상이 그에게 소리쳤다.

"그래, 그래. 낡은 수법이지. 나도 알아, 그 노끈."

오슈코른 영감은 더듬거리며 말했다.

"거시기 지갑을 찾았다지 않소!"

다른 사람이 말을 받았다.

"이 사람, 입 다무쇼. 주운 사람 따로 있고 돌려준 사람 따로 있어도 본 사람도 없고 아는 사람도 없으니, 원!"

농부는 질겁했다. 마침내 그는 이해할 수 있었다. 사람들은 그가 공모자나 공범자를 통해 지갑을 되돌려주었다고 생각하고 있었던 것이다.

그는 항변하고 싶었다. 식탁에 앉은 모든 사람이 웃기 시작했다.

그는 식사를 마치지 못한 채 사람들의 조롱을 뚫고 밖으로 나왔다.

모욕을 당한 그는 혼란스럽고 부끄러워 울화가 치밀었다. 노르망디 사람들 특유의 수법으로 사람들이 자기를 비난하고, 그것이 마치 훌륭한 계략인 양 으스댈 수 있다

137

는 것에 그는 낙심하여 집으로 돌아왔다. 그가 교활하다고 알려진 이상, 자신의 결백함을 증명해 보이는 것은 불가능해 보였다. 그는 이 부당한 혐의로 인해 마음에 상처를 입었다.

그래서 그는 매일 이야기를 늘려가며 매번 새로운 근거로 강력한 변을 토해냈다. 노끈 이야기에 모든 정신을 몰두해 혼자 있는 시간 동안 준비해놓은 그의 이야기에는 그가 상상할 수 있는 가장 엄숙한 맹세도 함께 첨부되었다. 그러나 그의 변론이 보다 복잡해지고 논거가 치밀해질수록 사람들은 그의 말을 믿지 않았다.

"저게 바로 거짓말쟁이의 변명이지."

사람들이 그의 등 뒤에서 말했다.

그는 그것을 느꼈고, 피가 말랐으며, 헛된 노력으로 기운이 빠졌다.

그는 눈에 띄게 기력을 잃어갔다.

익살꾼들은 전투를 마친 병사에게 전쟁 이야기를 해달라고 조르는 것처럼 재미 삼아 그에게 '노끈' 이야기를 해달라고 부탁했다. 바닥에까지 이른 그의 정신은 쇠약해졌다.

12월 말경, 그는 몸져누웠다.

그리고 정월 초순에 생을 마감했다. 그는 죽음의 고통 속에서 헛소리를 하는 중에도 자신의 결백함을 증명하려고 이렇게 되뇌었다.

"조그마한 노끈……. 조그마한 노끈 보시오. 이거라고요, 면장 선생님."

후회

 사는 사람들이 '사발 할아버지'라고 부르는 사발 씨가 방금 자리에서 일어났다. 비가 내리고 있었다. 낙엽이 떨어지는 가을의 어느 슬픈 날이었다. 낙엽은 마치 굵고 느린 또 다른 비처럼 천천히 떨어지고 있었다. 사발 씨는 기분이 좋지 않았다. 그는 벽난로에서 창가로, 창가에서 벽난로로 왔다 갔다 했다. 인생에는 어두운 날도 있다. 그러나 그에게 지금은 어두운 나날뿐이었다. 예순두 살이기 때문에! 독신의 늙은 총각인 그는 주위에 아무도 없는 혼자였다. 그렇게 아무

헌신적인 사랑 없이 홀로 죽는다는 것은 얼마나 슬픈 일인가!

그는 헐벗고 공허한 자신의 삶에 대해 생각했다. 오래된 과거 속에서 그는 어린 시절 부모님과 함께 살았던 집과 학창 시절, 친구들과의 즐거웠던 나날, 파리에서 법학을 공부하던 시절을 회상했다. 그리고 아버지의 병환과 죽음도.

그는 어머니와 함께 살기 위해 돌아왔다. 젊은 남자와 늙은 여인은 다른 것은 아무것도 바라지 않고 평화롭게 살았다. 그러다 어머니 역시 돌아가셨다. 인생은 얼마나 슬픈 것인가!

그는 홀로 남게 되었다. 그리고 이제는 그도 곧 죽을 차례가 되었다. 그는 사라질 것이고 그렇게 모든 것은 끝날 것이다. 이 세상에 더 이상 폴 사발 씨는 없을 것이다. 이 얼마나 끔찍한 일인가! 다른 사람들은 계속 살아갈 것이고, 사랑할 것이고, 웃을 것이다. 그렇다. 사람들은 즐길 것이고, 그는 더 이상 존재하지 않을 것이다! 죽음의 이 변함없는 확신 속에서 웃고, 즐기고, 기뻐할 수 있다는 것은 얼마나 신기한 일인가! 만약 그 죽음이라는 것이 단지 가능성만 있는 거라면, 사람들은 희망을 가질 수 있을 것이다. 하지만 불행히도 그것은 밤이 가면 낮이 오는 것처럼 피할 수 없는 일이다.

만일 그의 인생이 가득 채워져 있었더라면! 만일 그가 무언가를 했더라면. 그 어떤 종류의 모험이나 환희나 성공 혹은 만족을 경험했더라면. 하지만 그는 아무것도 하지 않았다. 그는 일어나고 때맞춰 밥을 먹고 잠을 자는 것 외에는 아무것도 하지 않았다. 그렇게 그는 예순두 살을 맞이했다. 다른 사람들처럼 결혼조차 하지 않았다. 왜 그랬을까? 그래, 왜 그는 결혼을 하지 않았을까? 재산이 조금 있었으니 하려면 할 수도 있었을 텐데. 시기를 놓친 것일까? 아마도! 하지만 사람들이 기회를 만들어주지 않았던가! 그는 무관심했다. 그뿐이었다. 무관심은 그의 큰 문제이자 단점이자 나쁜 습관이었다. 무관심 때문에 얼마나 많은 사람이 실패하는가. 어떤 사람들에게는 일어나서 움직이고 행동하고 얘기하고 몇몇 문제를 연구하는 것이 매우 어려운 일이다.

그는 사랑을 받아본 적도 없었다. 그 어떤 여자도 사랑에 완전히 몸을 맡기고 그의 품에 안겨 잠든 적이 없었다. 그는 기다림의 달콤한 고통도, 꼭 쥔 손의 숭고한 떨림도, 승리한 정열의 황홀함도 알지 못했다.

두 입술이 처음으로 맞닿는 순간, 정신을 잃을 만큼 서로에게 빠진 두 인간이 네 개의 팔로 서로를 껴안으며 완벽하게 행복한 하나의 존재가 되는 그때, 얼마나 초인적인 행복이 홍수 나듯 가슴을 부풀게 만드는가!

사발 씨는 다리를 난로 가까이 두고 평상복을 입은 채 자리에 앉아 있었다.

물론 그의 인생은 실패, 완전한 실패였다. 그러나 그도 사랑을 한 적이 있었다. 모든 일을 그렇게 하듯, 그는 사랑도 비밀스럽고 고통스럽고 안일하게 했다. 그렇다. 그는 자신의 오랜 동료인 상드르의 부인이자, 자신의 오랜 친구이기도 한 상드르 부인을 사랑했다. 아! 만약 그녀가 처녀였을 때 알았더라면! 하지만 그는 그녀를 너무 늦게 만났다. 그녀는 이미 결혼을 한 뒤였다. 물론 그는 그녀가 처녀였더라면 청혼을 했을 것이다! 처음 만난 순간부터 얼마나 그녀를 사랑했던가!

그는 그녀를 만날 때마다 가졌던 그 감동과 헤어질 때의 슬픔과 그녀 생각에 잠 못 이룬 그 밤들을 떠올렸다.

그러나 아침에는 밤보다 사랑하는 마음이 덜한 감정으로 일어나곤 했다. 왜 그랬을까?

예전에 그녀는 금발에 곱슬머리를 한 너무도 예쁘고

귀엽고 상냥한 여자였다! 상드르는 그녀에게 걸맞은 남자가 아니었다. 지금 그녀는 쉰여덟이다. 그녀는 행복해 보였다. 아! 예전에 그녀 역시 그를 사랑했더라면! 사발이 상드르 부인을 그렇게 사랑했는데, 그녀라고 그를 사랑하지 말라는 법은 없지 않은가?

단지 그녀가 그것을 알아챘더라면……. 그녀는 아무것도 짐작하지 못하고, 아무것도 보지 못하고, 아무것도 이해하지 못했던 걸까? 그녀는 어떻게 생각했을까? 그가 얘기를 했다면, 그녀는 어떤 대답을 했을까?

그렇게 사발은 수천 가지 질문을 던졌다. 그는 자신의 삶을 회상하면서 세세한 많은 일을 되짚어보고 있었다.

그는 상드르 부인이 젊고 매력적이었던 시절, 상드르의 집에서 카드놀이를 하던 긴 저녁 시간을 모두 기억해 냈다.

그는 그녀가 자신에게 얘기했던 것들, 그 옛날 지녔던 말투, 수많은 생각을 자아내는 조용한 그녀의 작은 미소를 생각했다.

상드르가 군청 직원이었기 때문에 일요일마다 셋이서 함께 센 강변을 산책하고 풀밭에서 점심을 먹던 일을 상기했다. 그 순간 강가에 있는 작은 숲 속에서 그녀와 함께 보낸 어느 오후의 추억이 선명하게 떠올랐다.

그들은 꾸러미에 먹을 것을 싸서 아침에 떠났다. 취할 정도로 생기가 도는 봄날이었다. 여기저기에서 향기로운 냄새가 풍겼고, 모든 것이 행복해 보였다. 새들의 지저귐은 즐거웠고 날갯짓도 빨랐다. 태양으로 마비된 듯한 강물 바로 옆에 있는 버드나무 아래 풀밭에서 식사를 했다. 나무진 냄새로 가득한 공기는 따뜻했고, 그것을 달콤하게 들이마셨다. 그날, 얼마나 날씨가 좋았던지!

점심을 먹고 난 후 상드르는 누워서 잠이 들었다가 일어나서는 말했다.

"내 인생 최고의 단잠이었어."

상드르 부인은 사발의 팔짱을 끼고 강가를 따라 걸었다.

그녀가 그에게 기댔다. 그녀는 웃으며 말했다.

"나 취했어요. 완전히 취했다고요."

그는 가슴속까지 떨리면서 창백해짐을 느꼈고, 자신의 눈이 너무 경솔하지 않았을까, 떨리는 손 때문에 비밀이 탄로 나지 않을까 걱정하며 그녀를 바라보았다.

그녀는 커다란 풀잎과 수련으로 왕관을 만들어 쓰고는 물었다.

"이런 나를 사랑하나요?"

그가 아무 대답도 하지 않자ー대답할 말을 찾지 못했기 때문에 그는 차라리 무릎을 꿇고 싶었다ー그녀는 "바보 같은 사람, 가세요! 적어도 무어라 말은 해야 하잖아요!" 하며 정면으로 그에게 퍼부어대고는 웃음을, 불만스러운 웃음을 터뜨리기 시작했다.

그는 그때까지도 할 말도 찾지 못해 눈물을 흘릴 뻔했다.

이 모든 것이 첫날처럼 선명하게 지금에야 떠올랐다.

왜 그녀는 그에게 "바보 같은 사람, 가세요! 적어도 무어라 말은 해야 하잖아요!"라고 말했을까? 그는 그녀가 얼마나 부드럽게 자기에게 기댔는지를 기억해냈다. 기울어진 나무 아래를 지날 때 그녀의 볼이 자신의 귀에 스치는 것을 느꼈고, 그녀가 이 접촉을 고의적인 것이라고 생각할까 두려워 순간적으로 뒤로 물러섰다.

그가 그녀에게 "이제 돌아가야 할 시간 아닌가요?"라고 얘기했을 때 그녀는 이상한 눈빛을 그에게 던졌다. 분명 그녀는 야릇한 표정으로 그를 바라봤다. 그때는 그렇게 생각하지 않았지만, 지금은 그런 생각이 들었다.

"좋을 대로 하세요. 피곤하시면 돌아가도록 하죠."

그가 대답했다.

"내가 피곤해서 그런 게 아니라, 지금쯤이면 아마 상드르가 일어났을 거요."

그러자 어깨를 들썩이며 그녀가 말했다.

"내 남편이 깼을까 봐 걱정이시라면 그건 또 다른 얘기죠. 돌아가요!"

돌아오는 길에 그녀는 말이 없었고, 그의 팔에 기대지도 않았다. 왜 그랬을까?

그는 이 '왜'를 한 번도 질문으로 던져본 적이 없었다. 지금은 그가 전혀 이해하지 못했던 한 가지를 알게 된 것 같았다.

그렇다면……?

사발 씨는 얼굴이 붉어지는 것을 느꼈다. 지금보다 30년이 젊은 상드르 부인이 자기에게 "당신을 사랑해요!"라고 말하는 것을 듣기라도 한 것처럼 그는 깜짝 놀라 자리에서 일어났다.

가능한 일이었던가? 그의 마음속에 방금 차지한 이 의혹이 그를 괴롭혔다! 그가 보지도 못하고 짐작하지도 못하는 것이 가능한 일인가?

오! 그게 사실이라면. 만약 그 행복을 잡지 못하고 지나쳐 버린 거라면!

그는 혼잣말로 중얼거렸다.

"알고 싶다. 이 의혹을 갖고 가만히 있을 수는 없다. 알고 싶어!"

그는 재빨리 옷을 갈아입었다. 그리고 생각했다.

'나는 예순두 살이고 그녀는 쉰여덟 살이니 이 정도는 물어볼 수 있겠지.'

그는 밖으로 나갔다.

상드르의 집은 그의 집과 길을 사이에 두고 거의 정면으로 마주 보는 위치에 있었다. 그가 그곳을 방문했다. 문 두드리는 소리에 하녀가 나와 문을 열었다.

어린 하녀는 이른 시간에 찾아온 그를 보고 놀라서 말했다.

"이렇게 일찍 웬일이세요, 사발 씨. 무슨 사고라도 났나요?"

"아니다, 애야. 지금 내가 할 얘기가 있어 왔다고 주인 마님께 전해드려라."

"마님은 지금 겨울에 먹을 배 잼을 만드시느라 화덕에

계세요. 옷도 제대로 갖추어 입지
않으셨어요."

"그래. 하지만 중요한 일이라고
말씀드리렴."

어린 하녀가 자리를 떴고, 사발은
응접실에서 큰 보폭으로 불안하게 왔다 갔
다 하기 시작했다. 그래도 불편한 생각은 들지 않았다.
오! 그는 요리법을 물어보듯 그녀에게 물어볼 것이다. 그
는 예순두 살이지 않은가!

문이 열리고 그녀가 나타났다. 지금은 살찐 볼에 소리
내어 웃는 거대하고 둥그스름한 뚱뚱한 여자였다. 그녀
는 손을 몸에서 멀리 떨어뜨린 채 달콤한 과일즙이 끈적
끈적하게 묻은 소매를 걷어 올리고 걸어 나왔다. 그녀가
걱정스레 물었다.

"무슨 일이세요, 어디 몸이 안 좋으세요?"

그가 대답했다.

"아니오, 부인. 내게 너무도 중요한, 내 마음을 괴롭히
는 어떤 일에 대해 물어보고 싶어 왔소. 솔직하게 대답하
겠다고 약속해줄 수 있소?"

그녀가 미소를 지었다.

"난 언제나 솔직해요. 말해보세요."

"좋소. 당신을 처음 본 날부터 나는 당신을 사랑했소. 짐작했었소?"

그녀는 웃으면서 예전의 그 말투로 대답했다.

"바보 같은 사람! 첫날부터 알고 있었는걸요!"

사발은 떨기 시작했다. 그가 더듬거리며 말했다.

"알고 있었다고요! 그렇다면……."

그리고 그가 말을 멈췄다.

그녀가 물었다.

"그렇다면? 뭐가요?"

그가 말을 받았다.

"그렇다면…… 어떻게 생각했소? 뭐라고…… 당신은 뭐라고 대답했겠소?"

그녀는 더 크게 웃었다. 손가락 끝에서 시럽이 몇 방울 흘러 바닥에 떨어졌다.

"뭐라고 대답했겠느냐고요? 당신은 내게 아무것도 묻지 않았는걸요. 말을 해야 할 사람은 내가 아니었잖아요!"

그러자 그가 그녀에게로 한 발 다가섰다.

"말해보시오……. 말해봐요……. 점심을 먹은 후 상드

르가 풀밭 위에서 잠이 들었던 그
날……. 거기 구부러진 곳까지 우리가 함
께 걸었던 그날을 기억하시죠…….”

그는 기다렸다. 그녀는 웃음을 멈추고 두 눈으로
그를 바라보았다.

“물론이지요, 기억해요.”

그가 떨면서 다시 물었다.

“그러면 그날…… 만약 내가…… 만약 내가 과감했더
라면…… 당신은 어떻게 했겠소?”

그녀는 아무런 후회가 없는 행복한 여자로서의 미소를
지었다. 그리고 아이러니가 섞인 분명한 어조로 솔직하
게 대답했다.

“굴복했겠지요.”

그리고 그녀는 돌아서서 잼이 있는 곳으로 갔다.

사발은 천재지변을 당한 사람처럼 거리로 다시 나왔
다. 그는 어디로 가야 하는지 생각하지 않은 채 빗속을
똑바로 걸어 강가 쪽으로 내려갔다. 큰 걸음걸이로 높다
란 둑에 이르자 그는 오른쪽으로 돌아 다시 길을 걸었다.
그는 본능에 이끌린 사람처럼 오랫동안 걸었다. 옷은 빗
물에 완전히 젖었고, 넝마처럼 일그러진 모자에서는 처

마에서 물이 떨어지듯 빗방울이 뚝뚝 떨어졌다. 그는 계속해서 정면을 향해 걸었다. 그리고 가슴 시린 추억이 담긴, 오래전 점심을 먹었던 그날의 장소에 도착했다.

그는 벌거벗은 나무 밑에 앉았다. 그리고 눈물을 흘렸다.

어느 여인의 고백

벗이여, 당신은 내게 내 인생에 있어서 가장 강렬한 추억담을 들려달라고 부탁했습니다. 나는 부모도 자식도 없이 이제 나이가 들었습니다. 그래서 당신에게 자유롭게 고백할 수 있습니다. 다만 내 이름을 절대로 밝히지 않겠다고 약속해주세요.

당신도 아시다시피 나는 많은 사랑을 받았습니다. 나 스스로도 나를 사랑했습니다. 나는 정말 미인이었지요. 그러나 이제 와 내가 얘기할 수 있는 건 지금 내겐 아무것도 남아 있지 않다는 것입니다. 마치 인간의 육체에 공기가 없어서는 안 되듯, 사랑은 나의 정신적 삶이었습니다. 나는 항상 나만을 생각해주는 사람 없이, 애정 없이 사느니 차라리 죽는 것이 낫다고 생각했습니다. 여자들은 온 마음을 다 바쳐 사랑하는 것은 일생에 단 한 번만 가능하다고 주장하죠. 하지만 나에게는 열정적인 사랑이 여러 번 찾아왔기에 그러한 감정의 종말이란 있을 수 없는 일이었습니다. 그러나 그러한 나의 사랑은 장작이 부족한 모닥불처럼 자연스럽게 꺼져버리곤 했습니다.

내가 아주 순진했던 시절에 겪은, 그 다음의 경험을 규정짓게 한 첫 번째 경험을 오늘 당신에게 말씀드리겠습니다.

페크의 그 무서운 약제사의 끔찍한 복수가 어쩔 수 없이 내가 말려든 지독한 사건을 상기시켰습니다.

당시는 내가 브르타뉴의 오래된 가문 태생인 에르베 드 케르 백작이라는 부유한 한 남자와 결혼한 지 1년 된 때였습니다. 물론 그를 전혀 사랑하지 않았지요. 나는 적어도 사랑, 진정한 사랑이라면 자유과 구속이 동시에 필요하다고 생각합니다. 강요되고 법적으로 공인되고 신부에게 축복받은 사랑, 그런 것도 사랑인가요? 합법적인 키스란 도둑맞은 키스보다 나을 것이 없습니다.

내 남편은 키가 크고 우아한, 그야말로 귀족의 자태를 갖춘 사람이었습니다. 하지만 그는 이해력이 부족했습니다. 그는 분명하게 얘기했으며 칼로 자르듯 자신의 의견을 표명했습니다. 그의 아버지와 어머니가 조상으로부터 물려받고 또 그에게 물려준 그의 사고방식은 이미 정해진 생각으로 가득 차 있는 것 같았습니다. 그는 결코 주저하거나 혼란스러워하지 않고, 세상을 바라보는 다른 방법이 존재한다는 것을 이해하지도 않은 채 편협한 자신의 견해를 즉각적으로 밝히곤 했습니다. 그의 머리는 꽉 막혀 있었고, 사람들은 창문을 열어 집을 환기하듯이 낡은 것을 버리고 새로움을 가져다줄 그러한 생각이 그의 머릿속에서는 전혀 순환되고 있지 않다고 생각했습니다.

우리가 살았던 성은 황량한 지방 한복판에 있었습니다. 거대한 수목으로 둘러싸인 커다랗고 음산한 건물이었고, 건물에 낀 이끼는 노인의 흰 수염을 연상케 했지요. 거의 숲 같았던 정원은 늑대의 점프라 불릴 만큼 깊은 도랑으로 둘러싸여 있었으며, 정원 끝 벌판 쪽에는 갈대와 수초기 가득한 두 개의 큰 못이 있었습니다. 남편은 들오리를 사냥하기 위해 그 두 개의 못을 연결하는 시냇

가에 작은 원두막을 짓게 했습니다.

우리에게는 일반 하인들 외에도 남편에게 목숨까지 바칠 정도로 헌신적인 바보 같은 관리인 한 명과 내게 굉장히 충실한 거의 친구 같은 하녀가 한 명 있었습니다. 나는 5년 전 그 하녀를 스페인에서 데리고 왔지요. 버려진 아이였습니다. 그녀의 까무잡잡한 얼굴과 검은 눈, 그리고 나무숲처럼 진하고 이마 위로 삐져나온 머리카락으로 인해 우리는 그 하녀를 보헤미안으로 여겼습니다. 그녀는 당시 열여섯 살이었는데 스무 살은 돼 보였지요.

가을이 시작되었습니다. 어떤 때는 이웃집에서, 어떤 때는 우리 집에서 자주 사냥을 했습니다. 그 무렵 나는 성에 이상할 정도로 자주 찾아왔던 한 명의 젊은 남자, C······ 남작을 알게 되었습니다. 얼마 후 그가 발길을 끊었고 나도 더는 그를 생각하지 않았지만, 나에 대한 남편의 태도가 달라졌다는 것을 눈치 챌 수 있었습니다.

남편은 말수가 적어졌고 근심거리가 있어 보였으며 내게 전혀 키스를 하지 않았지요. 혼자 있는 시간을 좀 갖고 싶어서 내가 각방을 쓰자고 요구한 후부터 남편은 내

방에 들어오는 일이 거의 없었는데도, 밤이면 내 방문 앞까지 다가왔다가 얼마 후에 다시 멀어지는 조심스런 누군가의 발걸음 소리가 자주 들렸습니다.

내 방 창문이 1층에 있기 때문에 성 주위의 어두운 곳을 어슬렁거리는 어떤 소리가 자주 들린다고 생각했습니다. 내가 남편에게 그런 얘기를 하자 남편은 몇 초 동안 나를 뚫어지게 바라보더니 이렇게 대답했습니다.

"아무것도 아니오. 관리인이오."

그러던 어느 날 저녁 식사를 마쳤을 때, 평소와 다르게 유난히도 즐거워 보이는 에르베가 음흉한 표정을 지으며 물었습니다.

"저녁마다 암탉을 먹어치우는 여우를 잡아야겠는데, 당신이 세 시간 정도 지키고 있는 것이 어떻겠소?"

나는 놀라 머뭇거렸지만 그가 이상할 정도로 고집스럽게 나를 주시했기 때문에 "그러죠"라고 대답하고 말았습니다.

내가 남자들 못지않게 늑대나 멧돼지 사냥을 잘했다는 것을 당신에게 말해두어야겠군요. 그러니 남편이 나에게 그런 제안을 한 것은 아주 자연스러운 일이었습니다.

그런데 남편은 갑자기 알 수 없는 신경질적인 표정을 지었고, 저녁 내내 정신없이 일어났다 앉았다 하면서 불안해했습니다.

열 시쯤 그가 불쑥 말했습니다.

"준비되었소?"

나는 자리에서 일어났습니다. 남편이 사냥총을 직접 갖다주기에 내가 물었습니다.

"일반 총알을 넣어야 하나요, 아니면 들짐승용 탄환을 넣어야 하나요?"

그는 놀란 듯 멈칫하더니 곧 대답했습니다.

"오! 들짐승용 탄환이면 충분할 거요. 자신감을 갖구려."

그러고는 잠시 후 특유한 어투로 덧붙여 말했습니다.

"당신의 그 유명한 침착성을 과시해보시오."

나는 웃었지요.

"내가요? 왜요? 여우를 사냥하는데 침착성이라니요? 아니 당신은 무슨 생각을 하고 있는 거예요?"

그렇게 우리는 소리 없이 정원을 가로질러 갔습니다. 저택은 모두 잠들어 있었지요. 보름달은 석반석 지붕이 빛나는 어둡고 낡은 건물을 노랗게 물들이고 있었습니다. 건물 양옆에 있는 두 개의 망루 꼭대기에는 달빛이 두 개의 반점을 그려놓았고, 환하고 쓸쓸한 밤, 죽음과도 같은 부드럽고 무거운 그 밤의 정적을 깨뜨리는 소리는 그 어떤 것도 들리지 않았습니다. 대기의 떨림도, 두꺼비의 울음소리도, 부엉이의 구슬픈 소리도 없었지요. 다만 음산한 기운이 모든 것을 짓누르고 있었습니다.

우리가 정원의 나무 아래 들어서자 싸늘한 공기와 낙엽의 향기가 나를 사로잡았습니다. 머리끝부터 발끝까지 사냥할 일념에 사로잡힌 남편은 아무 말도 하지 않고 사방을 살피면서 귀를 기울였습니다. 어둠 속에서 냄새를 탐지하려고 하는 것 같기도 했습니다.

우리는 곧 연못가에 이르렀습니다.

등심초 줄기는 움직이지 않았고, 바람이 불지 않아 줄기를 어루만져 주지 못했습니다. 하지만 물속에서는 약간의 움직임이 눈에 띄었습니다. 때때로 수면 위로 한 점이 물을 휘저으면 그 점으로부터 반짝이는 주름과도 같은 경쾌한 원이 그려지며 끝없이 퍼져나갔습니다.

우리가 숨어 있을 오두막에 다다랐을 때 남편은 나를 먼저 오두막 안으로 들어가게 하고서는 사냥총에 천천히 탄환을 집어넣었는데, 철커덕하는 총의 냉혹한 소리가 내게 야릇한 느낌을 안겨주었습니다. 그는 내가 떨고 있음을 눈치 채고 말했습니다.

"이런 고생이 당신에게 만족스럽지 못한 것 아니오? 그렇다면 돌아가시오."

나는 너무 놀라 대답했습니다.

"전혀요. 다시 돌아가기 위해 여기까지 온 게 아니에요. 당신, 오늘 저녁 정말 이상하네요."

그가 중얼거렸습니다.

"그럼 마음대로 하시오."

우리는 움직이지 않고 그대로 머물러 있었습니다.

약 30분이 지나도 달 밝은 가을밤의 무거운 정적을 깨는 것이 아무것도 없자 나는 낮은 목소리로 물었습니다.

"이리로 지나가는 게 확실해요?"

에르베는 내가 마치 그를 물어뜯기라도 한 것처럼 충격적인 표정을 짓더니 내 귓가에 대고 말했습니다.

"확실하오. 잘 들어보시오."

또 침묵이 시작되었습니다.

남편이 내 팔을 잡았을 때 나는 졸기 시작했던 것 같습니다. 그가 목소리를 바꾸어 휘파람을 부는 듯한 소리로 말했습니다.

"저기 나무 아래 보이오?"

하지만 아무리 보려 해도 구분할 수 있는 게 없었습니다. 그러자 에르베가 내 눈을 뚫어지게 바라보더니 천천히 그쪽으로 총을 겨누었습니다. 나도 총을 쏠 준비가 되어 있었지요. 그 순간, 갑자기 우리 앞으로 30보 정도 떨어진 곳에 한 남자가 환한 불빛을 받으며 나타났습니다. 그는 마치 도망이라도 치듯 빠른 걸음으로 몸을 구부린 채 움직이고 있었습니다.

나는 너무도 놀라 세차게 비명을 질렀습니다. 하지만 몸을 돌리기도 전에 불꽃이 내 눈앞을 스쳐 지나갔고, 총소리가 귀를 멍하게 했습니다. 그리고 나는 총에 맞은 늑대처럼 땅바닥을 구르는 그 남자를 보았습니다.

내가 공포에 질려 미친 듯이 날카로운 비명을 질러대자 에르베가 분노의 손으로 내 목덜미를 잡아 나를 땅바닥에 쓰러뜨렸습니다. 그러고는 건장한 두 팔로 나를 공중으로 번쩍 들어 올리더니 시체가 쓰러져 있는 풀밭으로 달려갔습니다. 그리고 마치 내 머리를 부서뜨리기라도 할 것처럼 나를 거칠게 그 위에 던졌습니다.

나는 정신이 혼란스러웠습니다. 그는 나를 죽일 생각으로 내 이마 위로 자신의 발을 쳐들었습니다. 그런데 그 순간, 영문은 알 수 없지만 몸이 엉키면서 그가 쓰러졌습니다.

나는 벌떡 일어났지요. 그리고 성난 고양이처럼 흥분한 내 하녀 파키타가 남편 위에 무릎을 꿇고 올라앉아 그의 턱수염과 콧수염과 얼굴 살갗을 잡아 뜯는 것을 보았습니다.

그러다가 순간 다른 생각에 사로잡힌 듯 그녀는 다시 일어나 시체 위로 몸을 던지고는 눈과 입에 키스를 해대며 자신의 입술로 죽은 자의 입술을 벌려 숨소리를 찾으려 했습니다. 그리고 연인의 깊은 애정으로 그를 두 팔로 안았습니다.

다시 일어난 남편이 그것을 바라보았습니다. 그는 곧 깨닫고는 내 발밑에 무릎을 꿇고 말했습니다.

"오! 여보, 용서해주오. 당신을 의심했었소. 내가 하녀의 애인을 죽였구려. 관리인이 나를 속였소."

나는 죽은 자와 산 자의 그 기이한 키스를, 그녀의 오열을, 절망한 사랑의 경악을 바라보았습니다.

　　그리고 그 순간부터 내가 남편에게 충실할 필요가 없다는 것을 깨달았습니다.

피크닉

뒤푸르 부인의 이름은 페트로니유로,
가족들은 그녀의 성명 축일에 파리 근교로 나가 점심을
먹기로 다섯 달 전부터 계획을 세워두고 있었다. 이 들놀
이를 손꼽아 기다려왔기 때문에 그날 아침이 되자 모두
들 매우 일찍 일어났다.

우유 가게 주인의 마차를 빌린 뒤푸르 씨가 이를 직접
몰았다. 이륜마차는 매우 깨끗했으며, 지붕을 떠받치고
있는 네 개의 쇠기둥에는 차일이 매여 있었는데, 양옆의
차일은 경치를 볼 수 있도록 올라가 있었고 마차 뒷부분

의 차일만이 깃발처럼 바람에 휘날렸다. 남편 옆에 앉은 부인은 특별한 자줏빛 실크 드레스를 입고 밝은 모습을 하고 있었다. 그리고 의자에는 늙은 할머니와 젊은 처녀가 앉아 있었다. 자리가 없어 마차 끝에 누워 있는 까닭에 노란 머리만 겨우 보이는 청년 한 명도 함께였다.

샹젤리제 거리를 따라 마요 성문을 통과한 후 그들은 주변을 둘러보기 시작했다.

뇌이 다리에 이르자 뒤푸르 씨가 말했다.

"자, 마침내 시골에 도착했군!"

이 소리에 부인은 자연에 감탄하기 시작했다.

쿠르브부아 로터리에서 멀리 있는 지평선을 보고 그들은 감탄에 사로잡혔다. 저 멀리 오른쪽으로는 종탑이 솟아 있는 아르장퇴유가 보였고, 그 뒤로는 사누아 언덕과 오르주몽 제분소가 보였다. 왼쪽으로는 마를리 수로가 아침의 맑은 하늘 위로 그림같이 수놓아져 있었으며, 저 멀리 생제르맹의 테라스가 보이는 한편, 정면으로는 연속된 구릉 끝으로 코르메유의 새 요새의 건축을 암시하는 파헤쳐진 땅이 보였다. 꽤 멀리 있는 저 끝, 평원과 마을 너머로 검푸른 숲이 어렴풋이 드러났다.

태양이 얼굴을 뜨겁게 달구기 시작했다. 먼지가 눈 속

으로 자꾸만 들어왔고, 길 양쪽으로는 더럽고 헐벗은 냄새 나는 시골이 끝없이 펼쳐졌다. 앙상하게 버려진 골조만이 남아 있거나 완성되지 않은 오두막들은 마치 나병이 휩쓸어 갉아먹고 지나간 것처럼 쓸쓸해 보였다.

이곳저곳 척박한 땅 위로는 공장 굴뚝이 우뚝 서 있었고, 봄바람에 실린 석유와 편암의 향기가 더 나쁜 냄새와 섞여 악취를 풍기는 들판 위로는 몇몇 식물이 솟아 있었다.

마침내 일행은 센 강을 두 번째로 다시 건넜다. 다리 위의 경치는 매혹적이었다. 강물이 햇빛에 눈부시게 빛났고, 태양이 안개를 뿜어 올려 감미로운 정적을 발산했다. 공장의 검은 연기나 분뇨 처리장의 악취를 씻어버린 아주 맑은 공기가 쾌적한 기분을 느끼게 해주었다.

지나가는 사람이 브종이라는 이 지방의 이름을 가르쳐주었다.

마차가 멈췄다. 뒤푸르 씨는 싸구려 식당의 간판을 읽기 시작했다.

풀랭 식당, 생선 요리와 튀김, 특실, 작은 숲과 그네.

"자! 뒤푸르 부인, 이 식당이 어떻겠소? 결정은 당신이 하구려."

부인도 간판을 읽었다.

플랭 식당, 생선 요리와 튀김, 특실, 작은 숲과 그네. 그리고 그녀는 천천히 식당을 살펴보았다.

길가에 자리 잡은 하얀 칠을 한 시골 식당이었다. 식당의 열린 문 사이로 일요일의 평상복 차림을 한 두 명의 노동자가 아연도금이 된 반짝이는 카운터 앞에 있는 것이 보였다.

뒤푸르 부인이 마음을 정했다.

"좋아요. 여기로 해요. 경치도 좋네요."

마차는 커다란 나무들이 심어져 있는 넓은 공간에 들어섰다. 식당 뒤편에 펼쳐져 있는 이곳은 배를 끄는 길로, 센 강과 연결되어 있었다.

곧 마차에서 사람들이 내렸다. 제일 먼저 뛰어내린 남편이 두 팔을 벌려 부인을 맞이했다. 두 개의 쇠막대기로 고정된 마차 발판이 너무 멀리 있었기 때문에 거기에 발을 디딜 때 초기의 날씬함은 사라지고 지금은 허벅살이 처질 정도로 비곗살이 침범한 뒤푸르 부인의 다리가 드러나 보였다.

시골의 정취에 벌써 흥이 난 뒤푸르 씨는 아내의 종아리를 세게 꼬집고는 그녀를 팔로 안아 거대한 짐을 내려놓듯 땅바닥에 무겁게 내려놓았다.

부인은 비단 드레스를 손으로 툭툭 쳐 먼지를 턴 다음 주변을 둘러보았다.

그녀는 기쁨과 활기에 넘쳐흐르는 서른여섯 살의 살찐 여인이었다. 너무 꽉 조인 코르셋 때문에 힘겹게 숨을 쉬고 있었고, 이 코르셋의 압박으로 인해 풍만한 가슴이 두툼한 턱살까지 밀려 올라왔다.

젊은 딸은 아버지의 어깨 위로 손을 올린 채 가볍게 혼자서 마차에서 뛰어내렸다. 노란 머리 청년은 한 발로 바퀴를 딛어 내려온 후 뒤푸르 씨를 도와 할머니를 내려주었다.

그리고 나무에 말을 매어두기 위해 마차에서 말을 풀자, 마차는 코를 땅에 박듯 끌채를 땅에 박으며 엎어졌다. 프록코트를 벗은 남자들은 손을 씻은 다음 그네에 이미 자리를 잡은 여자들과 합류했다.

뒤푸르 양은 혼자 서서 그네를 타려고 시도했으나 그네는 쉽게 올라가지 않았다. 그녀는 길에서 만나면 남자들의 순간적인 욕망을 자극하고, 밤에는 막연한 동요와 격분된 감각의 여운을 남길 수 있는 열여덟에서 스무 살 가량 되어 보이는 아름다운 여인이었다. 키가 크고 허리가 잘록하며 엉덩이가 풍성한 그녀는 까무잡잡한 피부와 커다란 눈, 검은 머리를 가지고 있었다. 드레스는 그녀의 단단한 몸매를 충실하게 그려내고 있었는데, 그녀가 그네를 구르기 위해 배에 힘을 줄 때 더욱 돋보였다. 머리 윗부분의 그넷줄을 팔로 단단히 잡고 있었으므로 발을 구를 때마다 몸의 흔들림 없이 앞가슴이 봉긋하게 솟았다. 그녀의 모자는 바람에 날려 뒤쪽에 떨어져 있었다. 그네가 다시 돌아올 때마다 그녀의 다리가 무릎까지 드러났고, 포도주 향보다 머리를 더 어지럽히는 치맛자락을 보며 웃고 있는 두 남자의 얼굴 위로 그네는 조금씩, 조금씩 올라갔다.

또 다른 그네에 앉은 뒤푸르 부인은 단조로운 목소리로 계속해서 투덜거렸다.

"시프리앙, 이리 와서 좀 밀어줘요. 어서 밀어달라니까, 시프리앙!"

뒤푸르 씨는 할 수 없이 작업을 시작하기 전처럼 팔을 걷어붙이고 아내에게 다가가 끙끙거리며 그네를 밀기 시작했다.

그넷줄에 매달린 그녀는 발이 땅에 닿지 않도록 다리를 뻗고는 그네의 왕복운동을 즐겼다. 흔들리는 모양이 끊임없이 떨리는 접시 위의 젤리 같았다. 하지만 그네가 점점 올라갈수록 그녀는 어지러움과 무서움에 사로잡혔다. 그네가 내려올 때마다 찢어지는 소리를 질러대니 동네 아이들이 몰려들 정도였다. 정원 울타리 너머로 장난스런 얼굴들이 장식품처럼 어렴풋이 보였고, 그 개구쟁이들의 웃음소리는 그녀의 얼굴을 찌푸리게 만들었다.

식당 종업원이 오자 그들은 점심을 주문했다.

"센 강의 생선 튀김, 토끼 볶음 요리, 샐러드와 디저트."

뒤푸르 부인이 교양 있는 말투로 또박또박 말했다.

"보통 포도주 2리터와 보르도 한 병 갖다 주시오."

남편이 말했다.

"풀밭에서 먹을 거예요."

젊은 딸이 덧붙였다.

할머니는 식당 집의 고양이를 보고 애정이 솟아나, 다정스럽게 이름을 부르며 10분 동안 쫓아다녔지만 소용이 없었다. 고양이는 이런 관심에 내심 기뻤겠지만, 이 착한 부인의 손 가까이 다가갔다가도 자기를 만지지 못하게 달아나서는 나무 주위를 유유히 돌아다녔다. 그러고는 꼬리를 치켜세우고 만족스러운 듯 작은 울음소리를 내며 나무 둥치에 몸을 비벼댔다.

"어! 저기 멋진 배가 있네!"

무언가를 찾기 위해 마당을 샅샅이 뒤지고 다니던 노란 머리 청년이 소리쳤다. 모두 그것을 보러 갔다. 나무로 만든 작은 헛간 아래로 고급 가구처럼 섬세하게 잘 만들어진 보트 두 척이, 두 명의 키 크고 날씬한 여인처럼 가느다랗고 긴 몸매를 뽐내며 나란히 쉬고 있었다. 보트는 따뜻하고 아름다운 저녁이나 맑은 여름 아침에 물살을 가르며 나아가고 싶은 욕망과, 물속에 가지를 적시는 나무와 영원한 떨림으로 흔들거리는 갈대와 푸른 섬광처럼 갈대 숲을 날아오르는 물총새들이 있는 자연이 만발한 강둑을 가로지르고 싶은 욕망을 불러일으켰다.

모두 감탄하며 배를 감상했다.

"와! 이거 정말 멋지군."

뒤푸르 씨가 근엄하게 반복하여 말했다. 그리고 전문가처럼 자세히 설명하기 시작했다. 그는 젊은 시절에는 자신도 보트를 탔다며 노 젓는 흉내를 냈다. 그러면서 보트가 자기의 손안에만 들어오면 당할 자가 없었다고 했다. 예전에 주앵빌에서 있었던 경주에서 영국 사람도 물리쳤다고 했다. 그는 노를 끼우는 고리를 지칭하는 '담

(dame)'▪이라는 단어를 이용하여, 보트 타는 사람은 '담' 없이는 절대로 밖에 나가지 않았다고 농담까지 했다. 그리고 열을 내며 과장되게 장황한 연설을 했는데, 저런 배만 있으면 힘들이지 않고 한 시간에 대략 24킬로미터는 갈 수 있다고 고집을 피우며 내기를 제안했다.

"음식이 나왔습니다."

종업원이 입구에 나타나 말했다. 모두들 재빨리 움직였다. 하지만 뒤푸르 부인이 마음속으로 점찍어 놓은 제일 좋은 자리에는 이미 두 명의 젊은 사람이 앉아 점심을 먹고 있었다. 보트 복장을 하고 있는 것으로 보아 보트 주인임에 틀림없었다.

그들은 활력이 넘쳐흐르는 건장한 사나이들로 얼굴은 햇볕에 검게 탔으며, 몸에 달라붙는 얇은 흰색 면 티셔츠의 소매 밖으로 대장장이처럼 억센 팔뚝을 그대로 드러낸 채 의자에 누워 있다시피 비스듬히 앉아 있었다. 같은 동작의 고통스런 반복으로 다져진 노동자들의 변형된 몸과는 너무도 다른, 운동으로 얻어진 탄력 있는 맵시가 그들의 동작 하나하나에서 엿보였다.

▪ '부인'을 뜻하는 말이기도 함.

그들은 어머니를 보고 재빨리 미소를 띠었고, 딸을 발견하고 나서는 서로 시선을 교환했다.

"우리 자리를 내주자고. 그러면 서로 인사를 하게 될 테니."

한 사람이 말했다. 그러자 다른 한 명이 곧 자리에서 일어나 반은 빨갛고 반은 검은 모자를 벗어 들고 기사처럼 예의 바르게 정원 안에서 태양이 직접 내리쬐지 않는 유일한 자리를 부인에게 내주었다. 가족은 장황하게 사과를 하며 친절을 받아들였고, 전원을 보다 만끽하기 위해 식탁과 의자 없이 풀밭 위에 자리를 깔았다.

두 청년은 몇 발자국 떨어진 곳으로 음식을 들고 가 마저 먹기 시작했다. 자꾸만 눈에 띄는 그들의 드러난 팔이 젊은 딸의 신경을 거슬렀다. 딸은 고개를 돌려 그들을 보지 않으려 애썼지만, 대담한 뒤푸르 부인은 욕망일지도 모르는 여성적인 호기심에 사로잡혀 계속해서 그들을 바라보았다. 분명 남편의 추함을 못마땅하게 여기며 그를 청년들과 비교하고 있었을 것이다.

부인은 다리를 꼬고 풀밭 위에 드러눕더니 개미들이 옷 속으로 들어왔다며 끊임없이 몸부림을 쳤다. 청년들의 존재와 그들의 친절에 심기가 불편해진 뒤푸르 씨는 편안한 자세를 취해보려 했으나 좀처럼 그렇게 되지 않았다. 노란 머리 청년은 아귀처럼 조용히 먹고만 있었다.

"날씨가 참 좋죠?"

뚱뚱한 부인이 보트 타는 한 사람에게 말을 건넸다. 자리를 양보받았기 때문에 그녀는 친절하게 굴고 싶었다.

"그렇군요, 부인. 시골에 자주 오십니까?"

청년이 말을 받았다.

"아! 바람 쐬러 1년에 한두 번 와요. 그쪽은요?"

"저는 잠을 자러 매일 저녁 옵니다."

"아! 정말 좋겠네요, 그렇죠?"

"네, 그럼요, 부인."

그는 자신의 일과를 시적으로 이야기하기 시작했다. 그것은 자신들의 가게 카운터 뒤에서 1년 내내 자연에 대한 동물적인 사랑을 머릿속에 끊임없이 그리며 전원에서의 산책을 갈구하는 이 중산층 가족의 가슴을 설레게 했다.

감동한 젊은 딸은 고개를 들어 청년을 바라보았다. 뒤푸르 씨가 처음으로 말했다.

"그런 게 진짜 삶이라는 거지."

그리고 아내에게 "토끼 고기 좀 더 들구려, 여보" 하고 덧붙였다.

"아뇨, 괜찮아요."

부인이 대답했다.

부인은 또 다시 청년들에게 고개를 돌려 그들의 팔을 가리키며 말했다.

"그러고 있으면 춥지 않나요?"

청년들은 웃기 시작했다. 그들은 녹초가 되도록 배를 저은 얘기며, 땀에 젖어 물에 뛰어든 얘기며, 밤안개 속에서의 경주 얘기로 가족들을 놀라게 했다. 그리고 그들은 가슴을 세게 두드리면서 어떤 소리가 나는지 들려주었다.

"오! 당신들 아주 튼튼해 보이는군요."

남편이 말했다.

그는 이제 영국 사람을 이겼다는 그 시절의 이야기를 더 이상 꺼내지 않았다.

젊은 딸은 곁눈질로 그들을 살펴보았고, 노란 머리 청년은 포도주를 잘못 삼켜 정신없이 기침을 하다가 안주인의 자줏빛 비단 드레스에 포도주를 튀겼다. 부인은 화를 내며 얼룩을 없앨 물을 가져오라고 했다.

그러는 동안 기온이 견딜 수 없을 만큼 올라갔다. 반짝이는 강물은 뜨거운 화로 같았고, 술기운이 머리를 어지럽혔다.

심하게 딸꾹질이 난 뒤푸르 씨는 조끼와 바지의 단추를 풀었다. 부인도 갑갑함을 느껴 드레스의 단추를 조금씩 풀었다. 수습생인 노란 머리 청년은 유쾌한 듯 자신의 덥수룩한 머리카락을 흔들면서 한 잔, 두 잔 계속해서 포도주를 마셨다. 취기를 느낀 할머니는 너무나 꼿꼿하게 근엄한 자세를 유지했다. 젊은 딸은 그대로였다. 단지 눈빛만이 조금 빛났으며, 까무잡잡한 그녀의 피부가 볼에서는 분홍빛으로 물들고 있었다.

커피로 식사를 마치자 노래를 부르자는 의견이 나왔다. 한 사람이 한 곡조씩 불렀고 다른 식구들은 그럴 때마다 열광적으로 박수를 쳤다. 그러고 나서 그들은 힘겹게 자리에서 일어났다. 두 여자가 어지러워 숨을 돌리는 동안, 술에 취한 두 남자는 운동을 했다. 무겁고 살이 무른 그들은 빨개진 얼굴로 서투르게 링에 매달렸지만 몸을 들어 올리지는 못했다. 그들의 와이셔츠가 바지에서 자꾸만 삐져나와 깃발처럼 바람에 휘날렸다.

그 사이, 두 청년은 보트를 물에 띄운 후 다시 돌아와 여자들에게 정중하게 강가 산책을 제안했다.

"뒤푸르 씨, 괜찮죠? 부탁이에요!"

부인이 소리쳤다. 뒤푸르 씨는 말뜻을 이해하지 못하고 취한 모습으로 그녀를 바라보았다. 곧 청년 중 한 사람이 낚싯대를 손에 들고 다가왔다.

그러자 그때까지 활기가 없던 사람의 두 눈이 상점 주인의 꿈인 모샘치를 잡겠다는 희망으로 반짝였다. 그것은 그 어떤 부탁도 다 승낙하게 만들었다. 그는 다리 밑으로 가서 강물 위로 다리를 흔들며 그늘에 자리를 잡았고, 노란 머리 청년은 그 옆에서 잠이 들었다.

청년 중 한 명이 희생하여 어머니를 맡았다.

"영국 섬의 작은 숲에서 보자고!"

그가 떠나면서 소리쳤다.

또 다른 보트는 조금 더 천천히 나아갔다. 노 젓는 사람은 동행인을 바라보느라 다른 것을 생각할 수 없었다. 그 어떤 감정이 그를 사로잡아 기력이 마비된 것이다.

키잡이 자리에 앉은 젊은 딸은 물 위에 있다는 감미로움에 몸을 내맡겼다. 다면적인 취기에 사로잡힌 것처럼 그녀는 아무런 생각도 할 수 없었고, 주위의 정적에 사로잡혀 자신마저도 잃어버린 느낌이었다. 그녀의 호흡이 가빠지면서 얼굴이 새빨갛게 변했다. 그녀는 자신의 주

변으로 철철 흐르는 급류의 열기와 한층 더 심해진 포도주의 취기로 인해 지나가면서 보는 강둑의 모든 나무가 자신에게 인사를 하는 것 같았다. 막연한 쾌락의 욕구로 부글거리는 피가 한낮의 뜨거운 열기로 흥분된 그녀의 육체에 퍼지고 있었다. 그리고 타는 듯한 더위로 인적이 드문 이 지방 한가운데, 물 위에서 자신을 아름답다고 생각하는 한 청년과 마주보고 있다는 사실 또한 그녀를 동요시켰다. 청년의 눈은 그녀의 살갗에 키스를 던지고 있었으며, 청년의 욕망은 태양처럼 그녀를 파고들고 있었다.

서로 한마디도 주고받지 못하는 그 무력함이 그들의 감정을 고조시켰다. 그들은 주변을 둘러보았다. 이윽고 청년이 힘을 내어 그녀에게 이름을 물었다.

"앙리에트예요."

그녀가 대답했다.

"어! 내 이름은 앙리인데."

그가 말을 받았다.

그 목소리가 그들을 진정시켰다. 그들은 강가의 경치를 구경하기 시작했다. 앞서 갔던 보트가 멈춰서서 그들을 기다리고 있는 것 같았다. 그 배에 탄 청년이 소리쳤다.

"숲에서 합류하지. 부인이 목이 마르다고 하셔서 로뱅송까지 가네."

그러고는 납작 엎드려 노를 잡고 빠른 속도로 그들의 시야에서 사라졌다.

그러는 동안 조금 전부터 어렴풋이 들려오던 우르릉 소리가 점점 더 가까이 다가왔다. 그 소리는 마치 강 밑에서 올라오는 것처럼 강물조차 떨리는 것 같았다.

"이게 무슨 소리죠?"

그녀가 물었다. 그것은 섬 끝에서 강물을 둘로 가르는 댐에서 떨어지는 물소리였다. 청년이 장황하게 설명을 늘어놓고 있을 때, 요란한 폭포 소리 사이로 멀리서 들려오는 새의 노랫소리가 그들을 사로잡았다.

"어! 나이팅게일이 낮에 우네. 암놈이 알을 품고 있나 보네요."

그가 말했다.

나이팅게일! 그녀는 한 번도 그 소리를 들어본 적이 없었다. 그 소리를 듣는다는 생각이 그녀의 가슴속에 부드러운 시적 감흥을 불러일으켰다. 나이팅게일! 줄리엣이 발코니에서 사랑에 대한 약속의 보이지 않는 증인이 되어달라고 호소했던 그 새, 인간의 키스에 동의한 하늘의 음악, 감성적인 소녀의 부드럽고 작은 가슴에 푸른 이상을 열어주는 꿈같은 모든 로맨스에 영원한 영감을 주는 새!

그녀가 그 나이팅게일의 소리를 듣게 된 것이다.

"소리 내지 맙시다. 숲 속으로 내려가면 그 새 가까이 갈 수 있을 거예요."

동행인이 얘기했다.

보트가 물 위를 미끄러지듯 나갔다. 빽빽하게 들어선 나무들이 눈에 들어올 정도로 강둑은 아주 낮았다. 그들은 멈추어 배를 매었고, 앙리에트가 앙리의 팔에 의지하면서 나뭇가지 사이로 전진했다.

"몸을 숙이세요."

그가 말했다. 그녀는 몸을 숙였다. 그들은 청년이 자신의 '밀실'이라고 웃으며 설명하는, 덩굴과 나뭇잎과 갈대가 뒤엉켜 있어 아는 사람만이 찾을 수 있는 은신처로 들어갔다.

그들의 머리 위로 뻗은 나뭇가지 위에서 새는 여전히 목청껏 노래하고 있었다. 새가 트릴과 룰라드를 노래하자 그 큰 소리가 하늘을 가득 채우며 퍼져나갔다. 소리는 강가를 따라 평원 위를 날아 전원의 뜨거
운 정적을 뚫고 수평선 너머로 사
라지는 것 같았다.

그들은 새가 날아가 버릴까 봐 말을
주고받지 않았다. 그들은 서로 가까이 앉아 있었고, 앙리
의 팔이 천천히 앙리에트의 허리를 잡아 부드럽게 조였
다. 그녀는 그가 손을 가까이 대도 화를 내지 않고, 그런
애무가 마치 당연한 행위인 것처럼 전혀 당황한 기색 없
이, 끊임없이 다가오는 그 대담한 손을 자연스럽게 떼어
놓았다.

그녀는 황홀감에 빠져 새소리를 듣고 있었다. 영원한
행복에 대한 욕구와 그녀를 관통하는 갑작스런 애정과
초인간적인 시적 감흥과 부드러운 신경과 심장이 그녀를
사로잡았다. 그녀는 이유를 알 수 없는 눈물이 났다. 청
년이 그녀를 껴안았고 그녀는 더 이상 그를 물리치지 않
았다. 그런 생각조차 하지 않았다.

나이팅게일이 갑자기 노래를 멈추었다. 멀리서 "앙리
에트!" 하고 외치는 소리가 들렸다.

"대답하지 마세요. 새가 날아가 버릴 거예요."

청년이 낮은 목소리로 말했다.

그녀 역시 대답할 생각이 없었다.

그들은 잠시 동안 그렇게 머물러 있었다. 또 다른 청년과 장난을 치고 있는 뚱뚱한 부인의 작은 탄성이 때때로 어렴풋하게 들리는 것을 보아, 뒤푸르 부인도 어딘가에 앉아 있는 것 같았다.

젊은 딸은 뜨거운 살갗 위를 간질이는 타인의 감촉을 피부로 느끼며 매우 감미로운 감정에 젖어 여전히 울고 있었다. 앙리는 그녀의 어깨에 머리를 기댔다. 그리고 갑자기 그녀의 입술에 키스를 했다. 그녀는 너무도 화가 나서 그를 피하기 위해 고개를 돌렸다. 하지만 그는 그녀를 눕히고는 온몸으로 감싸 안았다. 그는 자신의 키스를 피하는 그녀의 입술을 쫓아가 자신의 입술을 맞대었다. 그러자 걷잡을 수 없는 욕망에 사로잡힌 그녀는 그의 가슴을 안고 키스를 했다. 마치 굉장히 무거운 무게에 짓눌린 것처럼 그녀의 저항은 압도당했다.

주위는 너무도 조용했다. 새가 다시 노래를 하기 시작했다. 사랑을 부르는 것 같은 가슴 저린 세 곡조를 먼저 터트린 다음, 잠시 쉬었다가 느린 음조를 약한 소리로 노래했다.

낙엽들의 속삭임을 불러일으키는 따뜻하고 부드러운

바람이 밀려왔고, 나뭇가지 깊숙한 곳에서는 나이팅게일의 노랫소리와 숲 속의 가벼운 바람 소리가 섞인 열정적인 숨소리가 들려왔다.

취기가 새를 사로잡은 듯 불씨가 붙은 불처럼, 혹은 커져만 가는 열정처럼 새소리는 조금씩 빨라져 나무 아래의 키스 소리를 반주하는 것 같았다. 이윽고 열정적으로 노래 부르던 새의 목청이 경련을 일으키며 기절할 듯 한 음의 멜로디만을 길게 뽑아냈다.

새는 때때로 휴식을 취하는 듯 가벼운 두세 가지 소리를 내다가 갑자기 몹시 날카로운 음을 토해냈다. 또 승리의 외침이 뒤따르는 맹렬한 사랑의 노래처럼 온갖 음의 용솟음과 전율과 경련을 불러일으키는 광란의 질주로 노래를 이어가곤 했다.

그러다 영원의 작별이라고 할 만큼 너무도 깊은 신음 소리가 나무 아래에서 들리자 새는 노래를 멈추었다. 그 신음 소리는 잠시 계속되다가 흐느낌으로 끝을 맺었다.

자연이 만들어놓은 녹색 침대를 떠날 때, 그들은 둘 다 창백해 있었다. 그들에게는 푸른 하늘도 어두워 보이는 것 같았고, 작열하는 태양도 꺼져버린 것 같았다. 그들은 고독과 적막을 느꼈다. 말도 하지 않고 서로 만지지도 않은 채, 두 사람은 나란히 서서 재빨리 걸었다. 마치 그들이 서로의 육체를 혐오하고 서로의 정신을 증오하기라도 하는 것처럼, 그들은 이제 화해할 수 없는 적이 되어버린 것 같았다.

때때로 앙리에트가 "엄마!" 하고 소리쳤다.

덤불 아래가 소란스러워졌다. 굵은 종아리 위로 흰 치마가 급히 내려지는 것이 앙리의 눈에 얼핏 스쳤다. 곧 아직도 얼굴이 빨갛고 눈빛이 반짝거리는, 풍만한 가슴을 가진 뚱뚱한 부인이 약간은 당황한 기색으로 모습을 드러냈다. 그녀는 동행인과 너무 바짝 붙어 있었다. 그 동행인은 무언가 우스운 것을 본 사람처럼 순간적인 웃음으로 얼굴이 주름 져 있었다.

뒤푸르 부인은 다정스럽게 그의 팔을 붙잡았고, 모두들 배로 돌아갔다. 젊은 딸과 함께 말없이 앞서 가던 앙리는 질식할 것 같은 깊은 키스를 언뜻 본 것 같았다.

마침내 그들은 브종으로 돌아왔다.

술에서 깬 뒤푸르 씨가 초조하게 기다리고 있었다. 노란 머리 청년은 식당을 떠나기 전에 가볍게 음식을 먹고 있었다. 뜰에 있는 마차에는 말이 매여 있었고, 마차에 이미 올라앉은 할머니는 파리 근교가 안전하지 않기 때문에 들판에서 밤을 맞게 될까 봐 걱정하고 있었다.

그들은 서로 악수를 나눴고, 뒤푸르 씨 가족은 떠났다.

"안녕히 가세요!"

청년들이 소리쳤다. 한 사람은 한숨으로, 다른 한 사람은 눈물로 그들에게 답했다.

두 달 후, 마르티르 거리를 지나던 앙리는 '뒤푸르 철물점' 이라고 쓴 간판을 보게 되었다.

그가 안에 들어서니 계산대 뒤로 뚱뚱한 부인이 자리에 앉아 있었다. 그들은 곧 서로를 알아보고 인사말을 나누었다.

"앙리에트 양은 잘 있나요?"

그가 그녀의 소식을 물었다.

"아주 잘 있어요. 결혼을 했지요."

"아!"

알 수 없는 감정이 그를 둘러쌌다. 그가 덧붙였다.

"그런데…… 누구랑요?"

"왜, 그때 우리랑 같이 있었던 그 청년이랑요. 그가 이

가게를 물려받게 되거든요."

"오! 잘됐군요."

그는 왠지 너무 슬퍼져 떠나려고 했다. 뒤푸르 부인이
그를 다시 불렀다.

"그런데 친구 분은?"

그녀가 수줍어하며 물었다.

"네, 잘 지내요."

"그에게 안부 좀 전해주세요. 그리고 이쪽으로 올 일
이 있으면 얼굴이나 볼 겸 들러달라고……."

그녀의 얼굴이 새빨개졌다. 그러고는 덧붙여 말했다.

"그러면 내가 아주 기쁘겠다고 전해주세요."

"꼭 전하지요. 안녕히 계세요!"

"아니, 또 봐요!"

다음 해 날씨가 매우 더웠던 어느 일요일, 앙리는 결코
잊지 못할 그날의 기억이 갑작스럽게 너무도 선명하고
너무도 간절히 떠올라, 그들만의 밀실을 찾아 홀로 숲 속
으로 갔다.

그곳에 들어선 그는 깜찍 놀랐다. 그녀가 슬픈 표정으
로 풀밭 위에 앉아 있었던 것이다. 그 옆에는 그녀의 남

편인 노란 머리 청년이 여전히 셔츠를 입은 채 한 마리 짐승처럼 평온하게 잠들어 있었다.

앙리를 보자 그녀는 너무나 창백해져 곧 기절할 것만 같았다. 그러나 그들은 곧 그들 사이에 아무 일도 없었던 것처럼 자연스럽게 얘기를 나누기 시작했다.

앙리가 자기는 이 장소를 매우 좋아하고, 일요일이면 추억을 생각하면서 종종 이곳에 쉬러 온다고 얘기했다. 그러자 그녀는 오랫동안 그의 눈을 바라보더니 말했다.

"나는 매일 저녁마다 그 추억을 생각해요."

그때 그녀의 남편이 일어나 하품을 하며 말했다.

"여보, 갑시다. 이제 돌아갈 때가 된 것 같소."

고아

예전에 수르스 양은 아주 딱한 처지에 놓인 한 소년을 입양했다. 그때 그녀는 서른여섯 살이었고, 추한 모습—그녀는 어렸을 때 하녀의 품에서 미끄러져 벽난로 속으로 빠지는 바람에 얼굴에 끔찍한 화상을 입어, 흉측한 모습으로 살아왔다—을 하고 있었기 때문에 그 누구와도 결혼하지 않기로 결심했다. 그녀는 돈을 보고 자신과 결혼을 하려고 하는 사람은 원치 않았던 것이다.

임신한 이웃집 과부가 해산을 하다가 동전 한 푼 남기

지 않고 죽고 말았다. 수르스 양은 그 갓난애를 거두어 젖 먹이는 여인을 두고 기르다가 기숙학교에 보냈다. 그리고 아이가 열네 살이 되자 다시 집으로 데려왔다. 텅 빈집에 활기를 불어넣어 주고, 자신을 돌보면서 노년의 외로움을 달래줄 누군가가 필요했기 때문이다.

그녀는 렌에서 16킬로미터 떨어진 전원의 작은 집에 살고 있었고, 지금은 하녀 없이 생활하고 있었다. 그 고아가 들어온 날부터 생활비가 두 배 이상으로 늘어나 그녀의 소득 3천 프랑으로는 세 사람이 먹고살기에 충분치 않았던 것이다.

그녀는 손수 집안일을 하고 요리를 했으며, 심부름을 시킬 일이 있으면 아직은 정원만을 가꾸는 그 아이를 보냈다. 그는 온순하며 수줍음이 많았고 조용하고 부드러운 성격을 가지고 있었다. 그가 그녀의 흉측함에 놀라거나 무서워하지 않고 그녀에게 키스로 인사를 할 때면, 그녀는 깊고도 새로운 기쁨을 맛보았다. 그는 그녀를 이모라 부르며 어머니처럼 따랐다.

저녁이면 둘은 불가에 앉았다. 그녀는 소년에게 맛있는 것을 준비해주었다. 포도주를 데우고 빵 한 조각을 구워주었는데, 그것은 잠자기 전에 먹는 매혹적이고 간소

한 밤참이었다. 그녀는 종종 그를 무릎 위에 앉혀놓고 열정적인 달콤한 말을 속삭이며 그를 쓰다듬어 주었다. 그녀는 그를 "내 어여쁜 꽃, 착한 아기, 사랑스런 천사, 내 둘도 없는 보석"이라고 불렀다. 아이는 늙은 여인의 어깨 위에 머리를 파묻고 그녀가 부드럽게 쓰다듬도록 내버려두었다.

그는 조금 있으면 열다섯 살이었지만, 아직도 연약하고 체격이 작으며 조금은 병세가 있는 것처럼 보였다.

때때로 수르스 양은 그를 데리고 자신의 유일한 친척이며 렌의 근교에서 결혼하여 살고 있는 두 명의 먼 사촌을 만나러 시내로 나가곤 했다. 그 두 사촌은 재산 상속 문제 때문에 그녀가 아이를 입양한 사실을 늘 불만스럽게 생각했지만, 그래도 재산을 균등하게 분배하면 3분의 1은 자기들 몫이라는 희망을 갖고 있었으므로 어쨌든 그녀를 흔쾌히 맞아주었다.

그녀는 그 아이를 돌보고 있으면 매시간이 너무나도 행복했다. 그녀가 그의 정신을 윤택하게 만들어주기 위해 책을 사주자, 그는 열심히 그것들을 읽기 시작했다.

그리고 그 후로는 그가 귀여움을 받기 위해 예전처럼 저녁마다 그녀의 무릎에 올라가는 일은 없게 되었다. 대신 그는 벽난로 구석의 작은 의자에 의젓하게 앉아 책을 읽곤 했다. 그의 머리맡 작은 탁자 위에 올려놓은 등불이 그의 곱슬머리와 이마를 환하게 비추면 그는 움직이지 않고 눈도 들지 않고 그 어떤 몸짓도 없이 모험에 빠져 자신을 잃어버린 채 책을 읽어나갔다.

그와 마주 앉은 그녀는 그의 집중력에 놀라면서도 샘이 나 종종 눈물을 글썽거리며 뚫어지게 그를 바라보았다. 그녀는 그가 고개를 들고 자기에게 키스를 해주길 바라면서 이따금 그에게 "아가, 피곤하겠구나"라고 말했지만, 그는 대답하지도 듣지도 말뜻을 알아차리지도 못했다. 그는 책 속에서 보는 것 외에는 그 어떤 것도 알지 못했다.

2년 동안 그는 셀 수 없이 많은 책을 읽어치웠다. 그리고 그의 성격도 바뀌었다.

그는 수르스 양에게 여러 차례 돈을 요구했고 그녀는 그에게 돈을 건네주었다. 그러나 그가 항상 돈이 더 필요하다고 하는 탓에 그녀는 끝내 그의 청을 거절하게 되었다. 그녀에게는 명확한 규칙이 있었고, 돈이 필요하다면 타당한 이유가 있어야 했던 것이다.

어느 날 저녁, 그는 필사적인 애원으로 다시 한 번 그녀로부터 상당한 금액을 얻어냈다. 하지만 며칠 후 또다시 돈을 달라고 조르자, 그녀는 굽힐 수 없다는 태도로 더 이상 양보하지 않았다.

그는 단념한 것처럼 보였다.

그는 예전처럼 눈을 아래로 깔고 몽상에 잠긴 채 몇 시간 동안 움직이지 않고 앉아 있는 것을 좋아하는 조용한 소년이 되었다. 그녀가 말을 걸어도 짧고 명료한 대답만을 할 뿐, 수르스 양과 대화를 하지는 않았다.

그는 그녀에게 정성을 다해 친절히 대했지만, 포옹해 주는 일은 없었다.

이제 그녀는 저녁에 움직임 없이 조용히 벽난로 양옆에 그와 마주 앉아 있노라면, 가끔 그가 무섭게 느껴졌다. 숲 속의 어둠처럼 무시무시한 이 침묵에서 빠져나오기 위해 그녀는 그를 일깨워 무슨 말이든 하고 싶었다. 하지만 그는 더 이상 그녀의 말을 들어줄 생각이 없는 듯했고, 대여섯 번 말을 걸었는데도 한마디 대꾸도 듣지 못할 때면 힘없고 초라해진 그녀는 두려움에 떨곤 했다.

무슨 일일까? 닫힌 저 머릿속으로 무슨 생각을 하고 있는 걸까? 그와 마주 앉아 그렇게 두세 시간을 보낼 때면 그녀는 미칠 것만 같았고, 이 침묵과 이 마주 앉은 자리에서 벗어나기 위해, 또 막연하지만 의심할 여지 없이 느껴지는 그 어떤 위험을 피하기 위해 시골로 도망가고 싶었다.

그녀는 혼자서 자주 눈물을 흘렸다.

왜 그럴까? 그녀가 무엇인가를 원하면 그는 그것을 군소리 없이 실행했다. 그녀가 시내에서 필요한 게 있다고 하면 그는 즉시 갔다 왔다. 그녀는 그에게 불평할 것이 없었다, 확실히! 그렇지만…….

한 해가 또 지나갔다. 이 청년의 수수께끼 같은 마음속에 그 어떤 새로운 변화가 찾아온 것 같았다. 그녀는 그것을 알아차렸다. 그것을 느꼈고, 짐작했다. 어떻게? 그건 별로 중요하지 않다! 그녀는 자신이 틀리지 않았다는 것을 확신했지만, 이 이상한 소년의 알 수 없는 생각이 어떻게 바뀌었는지 설명할 수는 없었다.

그녀에겐 그가 지금까지 마음을 정하지 못해 머뭇거리다가 갑자기 그 어떤 결심을 굳힌 한 남자처럼 보였다. 이런 생각은 어느 날 저녁 그녀가 전혀 경험하지 못했던 이상하고 고정된 그의 시선과 마주쳤을 때 들었다.

그때부터 그는 매 순간 그녀를 응시했고, 그녀는 자신에게 꽂힌 이 차가운 시선을 피해 몸을 숨기고 싶었다.

며칠 저녁 내내 그는 그녀를 뚫어지게 쳐다보았다. 그녀가 겨우 용기를 내어 이렇게 말할 때만 등을 돌렸다.

"얘야, 나를 그렇게 쳐다보지 마라!"

그러면 그는 고개를 숙였다.

하지만 그녀는 돌아서자마자 또다시 그의 시선을 느꼈다. 그녀가 어디를 가든지 끈덕진 그의 시선이 그녀를 따라다녔다.

가끔 그녀는 자신의 작은 정원에서 산책을 하다가, 매복하듯이 순간적으로 덤불 속으로 몸을 숨기는 그를 보았다. 또 그녀가 집 앞에 앉아 양말을 손질하고 있을 때면 그는 채소밭을 파헤치면서 교활한 시선으로 끊임없이 그녀를 지켜보곤 했다.

그녀가 "얘야, 왜 그러니? 3년 전부터 넌 많이 달라졌어. 너를 도통 모르겠구나. 무엇 때문에 그러는지, 무슨 생각을 하고 있는지 제발 말해보렴" 하고 말해도 소용없었다. 그는 조용하고 지친 어조로 평소처럼 대꾸할 뿐이었다.

"아무 일도 없어요, 이모!"

"아! 얘야, 대답 좀 해다오. 내가 말할 때는 대답을 해줘. 네가 나를 얼마나 슬프게 하는지 안다면, 항상 대답도 잘해주고 그런 눈으로 나를 쳐다보지도 않으련만. 괴로운 일이 있니? 말해봐. 내가 위로해줄 테니……."

그녀가 애원을 하면서 고집을 피울 때면, 그는 지겹다는 표정으로 "아무 일도 없다니까요"라고 중얼거리면서 자리를 떠나버렸다.

그의 얼굴은 어른 같았지만 키가 별로 자라지 않아 여전히 어린 티가 남아 있었다. 그러면서도 생김새가 드세 보이고 어딘가 완성되지 않은 듯했다. 그는 불완전해 보였고, 발육 상태가 좋지 않았으며, 비밀을 지닌 사람처럼 불안해 보였다. 적극적으로 위험한 생각을 끊임없이 하고 있는 듯한 그의 속마음은 짐작조차 할 수 없을 정도로 닫혀 있었다.

수르스 양은 그것을 잘 알고 있었으므로 근심으로 인해 잠을 제대로 잘 수가 없었다. 소름 끼치는 공포와 무서운 악몽이 그녀를 공격했다. 그녀는 공포에 떨며 방문을 꼭 잠그고 방 안에 틀어박혀 있어야 했다.

그녀는 무엇을 겁내는 걸까?

그녀도 그것을 알지 못했다.

어둠, 벽, 창문의 하얀 커튼을 통해 들어오는 달빛이

만드는 형태, 모든 것이 무서웠다. 그리고 특히 그가!

왜 그럴까?

무엇을 두려워하는 걸까? 그녀는 그것을 알고 있었다!

더는 이렇게 살 수 없었다! 그녀는 어떤 불행이, 어떤 무시무시한 불행이 자신을 위협하고 있다고 확신했다.

어느 날 아침, 그녀는 몰래 집을 나와 시내에 있는 사촌들을 찾아갔다. 그리고 숨찬 목소리로 그 일에 대해 얘기했다. 두 사촌은 그녀가 미쳤다고 생각하고 그녀를 안심시키려고 애를 썼다.

그녀가 말했다.

"아침부터 저녁까지 그 애가 나를 어떤 눈으로 쳐다보는지 알아? 그 애는 나한테서 전혀 눈을 떼지 않아! 어떤 때는 너무 무서워서 살려달라고 소리치면서 이웃 사람들을 부르고 싶을 지경이야! 하지만 그 사람들에게 내가 뭐라고 말하겠니? 그 애는 그저 나를 쳐다보기만 할 뿐인데."

사촌들이 물었다.

"때때로 그 애가 난폭할 때도 있나요? 언니한테 거칠게 대답하는 일은요?"

그녀가 대답했다.

"아니, 한 번도 그런 적은 없어. 그 애는 내가 원하는 걸 다 해. 일도 잘하고, 요즘은 정리 정돈도 잘하지. 하지만 더는 무서워서 견딜 수가 없어. 그 애의 머릿속에 무언가 있는 것 같아. 확실해, 정말 확실해. 난 이제 시골에서 그 애와 단둘이 살고 싶지 않아."

놀란 사촌들은 이런 이야기를 다른 사람들이 들으면 이상하게 생각하고 이해하지 못할 거라며 그녀의 걱정과 계획을 아무에게도 말하지 말라고 일러주었다. 그러면서 모든 재산이 자신들에게 상속되기를 바라는 마음에서, 그녀가 시내에 와서 살겠다는 것을 말리지 않았다.

사촌들은 그녀가 집을 팔고 자신들 근처에서 다른 집을 구할 수 있도록 도와주겠다고 약속했다.

수르스 양은 집으로 돌아왔다. 하지만 그녀는 너무도 혼란스러워 아주 작은 소리에도 깜짝깜짝 놀라고, 아주 자그마한 감정에도 손이 떨렸다.

그녀는 두 번 더 사촌의 집을 방문하여 이야기를 전했고, 외떨어진 자기 집에서 더는 이렇게 살지 않겠다는 결심을 굳혔다. 그리고 마침내 시내 근교에 적당한 작은 집을 찾아 아무도 모르게 샀다.

수르스 양은 화요일 아침에 매매계약을 완료한 뒤, 그

날 하루 종일 이사할 준비를 했다.

그녀는 그날 밤 여덟 시, 자기 집에서 1킬로미터 떨어진 곳을 지나가는 마차를 잡아타고 마부가 항상 내려주는 그 장소에서 마차를 멈추게 했다. 마부는 말을 채찍질하면서 소리쳤다.

"안녕히 가세요, 수르스 양. 안녕히 주무세요!"

그녀가 멀어져 가면서 대답했다.

"안녕히 가세요, 조제프 영감님."

다음 날 아침 일곱 시 반, 마을에 편지를 가져온 집배원이 큰길에서 그리 멀지 않은 논길에서 아직도 마르지 않은 피가 괴어 있는 웅덩이를 발견했다. 그는 "저런! 술주정꾼들이 코피를 흘린 모양이군" 하고 중얼거렸다. 하지만 열 발자국 정도 떨어진 곳에서 피가 묻은 손수건을 발견했다. 그는 그것을 주웠다. 얇은 천이었다. 놀란 집배원은 뭔가 이상한 물체가 보이는 도랑으로 다가갔다. 수르스 양이 풀밭 한구석에 목에 칼을 맞고 쓰러져 있었다.

한 시간 후, 경찰과 예심판사, 그리고 당국 관계자들이 시체를 둘러싸고 여러 가지 추측을 하고 있었다.

증인으로 소환된 두 명의 사촌이 그 늙은 여인이 두려워하던 일과 그녀의 최근 계획에 대해서 얘기했다.

고아가 구속되었다. 그는 자신을 입양한 여인이 죽은 날부터, 적어도 겉으로는 극심한 슬픔에 잠겨 하루 종일 울었다.

그는 그날 밤 열한 시까지 카페에서 저녁 시간을 보냈다는 것을 증명했다. 열 사람이 그를 보았고, 그가 떠날 때까지 같이 있었다고 증언했다.

마부는 밤 아홉 시 반에서 열 시 사이에 그녀를 길에 내려주었다고 진술했다. 범죄는 그 큰길로부터 집으로 이어지는 길목에서 아무리 늦어야 밤 열 시경에 일어난 것 같았다.

피고인은 무죄로 석방되었다.

이미 오래전에 렌의 한 공증인과 작성해놓은 유언장에는 그가 재산상속자로 명시되어 있었다. 그리하여 그는 모든 재산을 상속받았다.

마을 사람들은 여전히 의심을 풀지 못하고 오랫동안 그를 견제했다. 그의 집, 죽은 자의 그 집은 저주받은 집으로 여겨졌다. 사람들은 거리에서 그를 보면 피했다.

하지만 그는 너무도 선량하고, 너무도 개방적이고, 너무도 친절해서 사람들은 조금씩 무서운 의심을 잊어갔다. 그는 사람들이 원하는 한 세상에서 가장 겸손한 태도로 관대하고 사려 깊은 모습을 보여주었다.

공증인인 라모 씨는 그의 능란한 말솜씨에 매료되어 그에게 관심을 보인 첫 번째 사람이었다. 어느 날 저녁 그는 세무원의 집에서 식사를 하면서 이렇게 단언했다.

"그처럼 말을 잘하고 항상 기분이 좋은 사람이 양심상 그런 범죄를 저지를 수는 없지요."

이 논거에 설득된 참석자들이 생각에 잠겼다. 사실상 그는 자신의 생각을 사람들에게 얘기하기 위해 거의 강제적으로 길가 한구석에 그들을 붙들어 놓기도 하고, 그 집 정원을 지나치는 사람이 있으면 그를 집 안에 들이려고 갖은 애를 다 썼다. 또한 입담은 경찰 서장보다도 더 거침없고 너무나 이야기하기 좋아하는 명랑한 성격이라, 그에 대한 반감에도 불구하고 함께 있을 때면 사람들로 하여금 웃음을 참을 수 없게 만들었다. 그들은 그런 그와 긴 얘기를 주고받은 적이 있음을 상기했다.

모든 문이 그를 위해서 열렸다.

그는 지금 자신이 사는 마을의 읍상으로 있다.

보석

랑탱 씨는 사무실의 차장 댁 연회에서 그 아가씨를 만나는 순간, 사랑의 그물에 걸려들고 말았다.

그 여인은 수 년 전 사망한 한 지방 세무관의 딸이었다. 아버지를 여읜 후 그녀는 어머니와 함께 파리로 왔고, 어머니는 딸을 결혼시키려는 희망으로 동네의 몇몇 돈 많은 가정에 자주 드나들었다.

모녀는 가난했지만 정직했으며 온화하고 상냥했다. 아가씨는 현명한 젊은이라면 자신의 삶을 맡겨도 되겠다고 생각할 만한 정숙한 여인의 전형이었다. 그녀의 수수한 미모는 천사 같은 참한 매력을 지니고 있었고, 언제나 입가를 떠나지 않는 미소는 그녀의 마음을 반영하는 것 같았다.

모든 사람이 그녀를 칭찬했으며 그녀를 아는 사람은 누구나 이런 말을 되풀이했다.

"저 아가씨를 데려가는 사람은 행복한 사람이지. 더 괜찮은 아가씨는 못 찾을 거야."

당시 연봉 3천5백 프랑을 받던 내무성의 주 사무원인 랑탱 씨가 그녀에게 청혼을 했고, 그렇게 두 사람은 결혼을 했다.

그는 그녀와 함께 거짓말 같은 행복을 누렸다. 그녀는 누가 보면 그들이 사치스럽게 살고 있다고 착각할 정도로 능숙한 솜씨로 살림을 관리해나갔으며, 남편에게 온갖 정성과 세심한 배려와 애교를 다했다. 또한 그녀는 너무도 큰 매력을 가지고 있어서 만난 지 6년이 지났는데도 남편은 처음보다 더 그녀를 사랑하고 있었다.

그가 그런 그녀에 대해 못마땅하게 생각하는 것은 단 두 가지 취향, 연극을 보러 가는 것과 가짜 보석을 좋아하는 것이었다.

그녀의 친구들―그녀는 몇몇 하급 공무원의 부인들과

알고 지냈다—은 그녀에게 인기 있는 공연이 있을 때마다, 심지어 처음 공연하는 것까지도 특등석 표를 얻어주었고, 그러면 그녀는 하루 종일 일하고 돌아와 몹시 피곤해 있는 남편을 데리고 그가 좋아하든 싫어하든 극장을 찾았다. 그래서 그는 그녀를 다시 집까지 데려다 줄 수 있는, 친구로 지내는 다른 부인들과 공연을 보러 가면 안 되겠느냐고 사정했다. 그녀는 그렇게 하는 것이 왠지 마뜩지 않아 오랫동안 양보하지 않았지만 결국 남편을 기쁘게 해주기 위해 그렇게 하기로 결심했다.

남편은 그런 그녀가 너무나도 고마웠다.

한편 연극을 관람하는 취미는 곧 그녀에게 몸치장을 할 필요성을 느끼게 했다. 그녀의 옷은 모두 소박했는데, 언제나 품위가 있었던 것은 사실이지만 수수했다. 온화한 자태와 겸허하게 미소 짓는 저항할 수 없는 우아함은 그녀의 소박한 드레스에서 새로운 풍미를 얻게 해주는 것 같았다. 그러나 그녀는 다이아몬드처럼 보이는 두 개의 커다란 라인석을 귀에 달고, 가짜 진주 목걸이를 걸고, 모조 금팔찌를 차고, 보석과 비슷한 다양한 유리 세공품으로 장식된 머리빗을 꽂는 습관을 갖게 되었다.

아내의 화려한 장식품에 대한 집착에 조금 놀란 남편은 종종 이런 말을 반복하곤 했다.

"여보, 진짜 보석을 살 능력이 안 되면 아름다움과 우아함으로 단장한 자신을 보여줘요. 그것이야말로 진귀한 보석이니까."

하지만 그녀는 부드럽게 미소를 지으며 대답했다.

"이게 어때서요? 난 이런 게 좋아요. 나쁜 습관이긴 하죠. 나도 당신이 옳다는 것은 알지만 고쳐지지가 않네요. 난 보석을 너무나 좋아하거든요!"

그리고 그녀는 진주 목걸이를 손가락으로 굴리면서 세공된 크리스털 단면에 광택을 내고는 이렇게 되풀이했다.

"보세요, 얼마나 잘 만들어졌는지. 누구라도 진짜인 줄 알 거예요."

그는 웃으면서 단언했다.

"당신은 집시 같은 취향을 가졌구려."

이따금 저녁 때 난로를 옆에 두고 둘이 마주 앉아 있을 때면, 그녀는 랑탱 씨가 말하는 '싸구려 물건'이 들어 있는 모로코 가죽 상자를 가져와 차 마시는 탁자 위에 올려놓았다. 그러고는 마치 비밀스럽고도 심오한 기쁨을 맛

206 보석

보는 사람처럼 열정적인 관심을 가지고 모조 보
석들을 살펴보거나, 고집을 부리며 남편의
목에 목걸이를 걸고서는 "당신 너무 우스
워요!"라고 말하며 한바탕 웃음을 터뜨렸
다. 그리고 남편의 팔에 안겨 정신없이 그
에게 키스를 퍼붓곤 했다.

어느 겨울밤, 그녀는 오페라를 보러 나갔다가 추위에
떨면서 돌아왔다.

다음 날에는 기침을 해댔다. 그리고 일주일 후, 그녀는
폐렴으로 세상을 떠났다.

랑탱은 무덤 속까지 그녀를 따라가고 싶었다. 그의 절
망은 너무도 깊어서 한 달 만에 머리가 하얗게 세었다.
추억과 미소와 목소리와 죽은 이의 모든 매력에 사로잡
힌 그는 견딜 수 없는 고통에 가슴이 찢어져 온종일 눈물
을 흘렸다.

시간은 그의 고통을 달래주지 못했다. 종종 업무 시간
에 동료들이 와서 일과에 대해 이야기를 조금 하면, 갑자
기 그의 볼이 부풀면서 코에 주름살이 지고 눈에는 눈물
이 가득 고이다가 무섭게 얼굴을 찌푸리면서 울음을 터
뜨렸다.

그는 아내의 침실을 손대지 않고 그대로 보존해놓았고, 날마다 그곳에 틀어박혀 그녀를 생각했다. 모든 가구뿐 아니라 그녀의 옷조차 마지막 날 그대로 그 자리에 있었다.

한편 그의 생활은 어려워졌다. 그의 봉급을 아내가 관리했을 때는 살림을 꾸려나가는 데 충분했었는데, 지금은 혼자 몸인데도 부족했다. 그는 아내가 어떻게 매일같이 그에게 좋은 포도주와 맛있는 음식을 먹게 해줄 수 있었는지 의아했다. 이제 더 이상 자신의 보잘것없는 수입으로는 그런 것들을 구입할 수가 없었던 것이다.

그는 빚을 졌고, 돈에 전전긍긍하는 사람처럼 돈을 꾸러 뛰어다녔다. 마침내 어느 날 아침, 월말까지는 아직 일주일이나 남았는데 수중에 돈이 한 푼도 남아 있지 않자 그는 무언가를 팔기로 결심했다. 그리고 곧 부인의 '싸구려 물건'을 떠올렸다. 예전부터 자신을 화나게 했던 '눈속임'에 대한 일종의 적개심 같은 것이 마음 깊숙이 있었기 때문이다. 또한 매일 그것을 볼 때마다 자신이 사랑했던 사람에 대한 추억이 조금씩 손상되기 때문이기도 했다.

부인은 거의 매일 저녁 새로운 물건을 가지고 올 정도

로 그녀 인생의 마지막 날까지 집요하게 모조품을 사들였기 때문에, 그는 그 가짜 귀금속 더미를 오랫동안 뒤져야 했다. 그는 그녀가 가장 좋아했던 큰 목걸이를 선택했다. 그것은 가짜치고는 아주 공들여 만든 것이어서 적어도 6프랑이나 7프랑은 받을 수 있을 것 같았다.

그는 그것을 주머니에 집어넣고 믿을 만한 보석 가게를 찾아 큰길을 따라 내무성 쪽으로 향했다.

가게 하나가 보였다. 그는 이런 식으로 자신의 가난을 드러내 보이면서 값도 안 나가는 물건을 팔아야 하는 것에 대해 약간의 수치심을 느끼며 안으로 들어갔다.

"이게 얼마 정도 나가는지 알고 싶은데요."

그가 상인에게 말했다.

남자는 물건을 받아 그것을 살펴보고, 돌려보고, 무게를 재고, 확대경으로 들여다본 후, 점원을 불러 작은 소리로 몇 마디를 하더니 목걸이를 카운터 위에 올려놓고 보다 더 잘 감정하기 위해 멀리 떨어져서 그것을 바라보았다.

랑탱 씨는 이 모든 의례적인 형식이 거북해서 입을 열었다.

"아! 이게 값어치가 없는 물건이라는 것은 잘 압니다."

 210 보석

그러자 보석상이 말했다.

"이 목걸이는 만 2천 프랑에서 만 5천 프랑의 값이 나갑니다. 하지만 정확한 출처를 제게 알려주셔야 이 물건을 살 수 있겠군요."

부인을 잃은 남자는 놀라 눈을 크게 뜬 채 이해할 수 없다는 듯이 멍하니 서 있었다. 그가 가까스로 더듬거리며 말했다.

"뭐라고요? 정말인가요?"

그가 너무 놀라자 보석상은 오해를 하고 퉁명스럽게 말했다.

"더 많은 값을 원한다면 딴 데 가서 알아보세요. 나로서는 최대 만 5천 프랑까지밖에 드릴 수가 없습니다. 더 많이 받을 수 있는 곳을 찾지 못하시면 다시 오시지요."

랑탱 씨는 완전히 얼이 빠져서 목걸이를 집어 들고 밖으로 나왔다.

너무나도 혼란스러워 혼자서 생각해볼 시간이 필요했다.

그러나 거리로 나오자 웃음이 터져 나올 것 같았다. 그는 생각했다.

'바보 같으니! 아! 이런 바보! 그런 말을 믿다니! 진짜

와 가짜를 구별할 줄 모르는 보석상이라니!

그리고 그는 페 거리 입구에 있는 또 다른 가게에 들어갔다. 보석을 보자마자 세공사가 소리쳤다.

"아! 이 목걸이를 잘 알고 있습니다. 우리 집에서 판 것이지요."

어리둥절해진 랭탱 씨가 물었다.

"얼마 정도 합니까?"

"제가 2만 5천 프랑에 팔았지요. 법률 규정은 지켜야 하니까 이 물건을 어떻게 소지하게 되었는지 알려주시면 만 8천 프랑에 다시 사겠습니다."

랭탱 씨는 놀라움으로 몸을 움직이지 못하고 자리에 털썩 주저앉았다. 그리고 말을 이었다.

"하지만…… 다시 한 번 자세히 감정해보세요. 나는 지금까지 그것이…… 가짜인 줄 알고 있었는데."

보석상이 말을 받았다.

"선생님, 성함을 말씀해주실 수 있나요?"

"물론입니다. 내 이름은 랭탱입니다. 내무성에 근무하고, 마르티르 거리 16번지에 살고 있지요."

상인이 장부를 열어보고는 이름을 찾은 후 말했다.

"그렇군요. 이 목걸이는 1876년 7월 20일 마르티르 거

212 보석

리 16번지 랑탱 씨 부인 앞으로 발송되었군요."

놀라 당황한 사무원과 그가 도둑인가 싶어 미심쩍어하는 세공사가 서로를 쳐다보았다.

세공사가 말했다.

"이 물건을 24시간만 제가 맡아두어도 괜찮으시겠습니까? 보관증은 써드리지요."

랑탱 씨가 더듬거리며 대답했다.

"아, 그러시죠."

그리고 그는 종이를 접어서 주머니에 넣으며 밖으로 나왔다.

거리를 가로질러 거슬러 오르던 그는 길을 잘못 들었다는 것을 알아차리고 튈르리 공원 쪽으로 다시 걸어 내려와 센 강을 지났다. 그러나 또 한 번 엉뚱한 길로 들어선 것을 깨닫고는 아무 생각 없이 샹젤리제 거리로 다시 돌아왔다. 그는 이치를 따지며 이해해보려고 노력했다. 아내가 그런 값나가는 물건을 살 수는 없었다. 그건 확실하다. 그렇다면 그건 선물이다! 선물! 누구에게서 받은 선물일까? 무슨 이유로?

그는 거리 한가운데에 멈추어 섰다. 무시무시한 의심이 머릿속을 스치고 지나갔다. 그녀가? 그렇다면 다른 보석들도 모두 선물이란 말인가! 나무가 자기 앞에서 쓰러지는 것처럼 세상이 흔들려 보였다. 그러더니 그는 팔을 벌린 채 의식을 잃고 쓰러졌다.

지나가는 사람들이 데려다 준 약국 안에서 정신을 차린 그는 집으로 돌아와 방에 틀어박혔다.

그는 소리를 내지 않으려고 손수건을 입에 물고 밤늦게까지 정신없이 울었다. 그러고는 피로와 슬픔에 짓눌린 채 침대에 누워 깊은 잠에 떨어졌다.

태양의 빛줄기에 눈을 뜬 그는 내무성에 가려고 천천히 일어났다. 그런 심한 충격을 받은 후에 업무를 본다는 것은 힘든 일이었다. 그는 변명할 궁리를 찾은 다음 상사에게 편지를 썼다. 그리고 보석상에 다시 가야겠다고 생각했다. 그러자 수치심으로 얼굴이 붉어졌다. 그는 오랫동안 생각에 잠겨 있었다. 그러나 보석상에 목걸이를 그대로 놔둘 수는 없었기에 옷을 입고 밖으로 나섰다.

날씨는 화창했다. 도심 위에 펼쳐진 푸른 하늘이 미소를 짓고 있는 것 같았다. 사람들이 주머니에 손을 집어넣고 어슬렁거리며 앞에서 걷고 있었다.

랑탱 씨는 그들이 지나가는 것을 바라보며 중얼거렸다.

"돈이 있다는 것은 얼마나 행복한 일인가! 돈만 있으면 슬픔까지도 털어버릴 수 있고, 원하는 곳을 갈 수도 있고, 여행을 하며, 편안하게 살 수 있지 않은가! 오! 내가 부자라면!"

그는 문득 배고픔을 느꼈다. 그저께부터 아무것도 먹지 않은 것이다. 하지만 주머니는 비어 있었다. 목걸이 생각이 다시 났다. 만 8천 프랑! 만 8천 프랑! 그것은 거액이었다!

그는 페 거리로 들어서서 거리를 따라 상점 앞 큰 보도 위를 거닐기 시작했다. 만 8천 프랑! 몇 번이나 들어갈까 망설였지만 수치심이 계속 그의 발목을 잡았다.

하지만 그는 배가 아주 많이 고팠고 돈은 한 푼도 없었다. 순간 그는 결심을 했다. 그리고 생각할 시간을 갖지 않으려고 뛰어서 길을 건너 보석상으로 재빠르게 들어갔다.

그를 보자 상인은 법석을 떨며 예의 바른 미소로 의자를 권했다. 점원들도 나와 눈가와 입가에 기쁜 표정을 담고 랑텡 씨를 곁눈질로 바라보았다.

보석상이 말했다.

"조회를 해보았습니다. 아직도 파실 의향이 있으시다

면 제가 제안한 금액을 지불하겠습니다."

사무원이 더듬거리며 대답했다.

"예, 물론이지요."

보석상은 서랍에서 열여덟 장의 지폐를 꺼내 그것을 세어본 후 랑탱에게 건네주었다. 그는 조그마한 영수증에 서명을 하고 나서, 떨리는 손으로 돈을 주머니에 집어넣었다. 그리고 밖으로 나가려다 여전히 미소를 짓고 있는 상인에게 고개를 돌리고는 시선을 떨어뜨리며 말했다.

"저…… 다른 보석들도 있는데…… 그것 역시…… 상속받은 것이고요. 그것들도 사실 생각이 있습니까?"

상인이 몸을 굽히며 말했다.

"그야 물론이죠."

점원 한 명이 마음 놓고 웃으려고 밖으로 나갔고, 다른 점원은 힘껏 코를 풀었다.

얼굴이 붉어진 랑탱 씨가 태연하고도 진지하게 말했다.

"그것도 가져오겠습니다."

그리고 그는 마차를 타고 보석을 가지러 갔다.

한 시간 후 가게에 돌아왔을 때에도 그는 여전히 점심을 먹지 못한 채였다. 그들은 물건을 하나하나 살펴보고

값을 매겼다. 거의 모든 것이 이 가게에서 나온 것들이었다.

이제 랑탱 씨는 감정에 이의를 제기하기도 하고, 화를 내기도 하고, 판매 장부를 보여달라고 요구하기도 하면서 금액이 올라갈수록 더 큰 목소리를 냈다.

반짝이는 커다란 귀걸이는 2만 프랑, 팔찌는 3만 5천 프랑, 브로치, 반지, 메달은 만 6천 프랑, 에메랄드와 사파이어 장신구는 만 4천 프랑, 금줄에 매달린 보석 한 알은 4만 프랑……, 모두 합쳐 19만 6천 프랑이었다.

상인이 악의 없는 농담으로 말했다.

"전부 보석에만 투자한 분이셨군요."

랑탱 씨가 진지하게 말했다.

"투자의 한 방법이지요."

그는 다음 날 매수인과 재감정을 하기로 결정하고 밖으로 나왔다.

거리에 나온 그는 방돔의 원기둥을 바라보자 그것이 '축제의 깃대'인 양 기어오르고 싶은 충동이 일었다. 하늘 높은 곳에 자리한 황제의 동상 위에서 개구리 뜀뛰기 놀이라도 할 것처럼 가벼운 기분이었다.

그는 부아쟁에 가서 점심을 먹고 한 병에 20프랑이나 하는 포도주를 마셨다.

그러고는 마차를 타고 숲을 한 바퀴 돌았다. 그는 마차에 타고 있는 다른 승객들을 경멸의 눈초리로 바라보았다. 지나가는 사람들에게 "나는 부자다! 나는 20만 프랑을 가지고 있다!"라고 소리치고픈 욕구가 가슴을 억눌렀다.

내무성에 대한 생각이 들었다. 그는 마차를 그리로 몰게 한 후 거침없이 상사의 방에 들어가 알렸다.

"사표를 제출하러 왔습니다. 30만 프랑을 상속받았거든요."

그는 옛 동료들과 악수를 나누며 자신의 새로운 생활의 계획을 털어놓았다. 그리고 내무성을 나와 카페 앙글레에서 저녁을 먹었다.

품위 있어 보이는 한 신사 옆에 앉은 그는 방금 40만 프랑을 상속받았다는 얘기를 자랑스럽게 털어놓고 싶은 강렬한 욕구를 참을 수가 없었다.

그는 인생에 있어서 처음으로 극장에서 지루함을 느끼지 않았고, 여자들과 함께 밤을 보냈다.

6개월 후, 그는 재혼을 했다. 두 번째 부인은 매우 정숙한 여인이었으나 성격이 까다로웠다. 그녀는 그를 많이 힘들게 했다.

책만드는집 세계 문학

위대한 개츠비

피츠제럴드 지음 • 방대수 옮김

80일간의 세계일주

쥘 베른 지음 • 김경미 옮김

사람은 무엇으로 사는가

톨스토이 지음 • 방대수 옮김

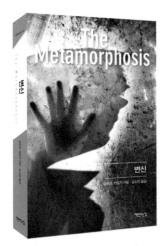

변신

프란츠 카프카 지음 • 송소민 옮김

월든

헨리 데이비드 소로 지음 • 김성 옮김

1984

조지 오웰 지음 • 이정아 옮김

목걸이

기 드 모파상 지음 • 김경미 옮김

세계 명단편

오 헨리 외 지음 • 김성 외 옮김